ALPHAS SONNE

RENEE ROSE
LEE SAVINO

Übersetzt von
STEPHANIE KOTZ

Veröffentlicht in den Vereinigten Staaten von Amerika

Renee Rose Romance, Silverwood Press und Midnight Romance

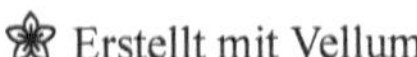

Erstellt mit Vellum

HOLEN SIE SICH IHR KOSTENLOSES BUCH!

Tragen Sie sich in meine E-Mail Liste ein, um als erstes von Neuerscheinungen, kostenlosen Büchern, Sonderpreisen und anderen Zugaben zu erfahren.

https://geni.us/jungfrauunddervampir

RENEE ROSE: HOLEN SIE SICH IHR KOSTENLOSES BUCH!

Tragen Sie sich in meine E-Mail Liste ein, um als erstes von Neuerscheinungen, kostenlosen Büchern, Sonderpreisen und anderen Zugaben zu erfahren.

https://www.subscribepage.com/mafiadaddy_de

PROLOG

Sunny

„Du bist so hart.“

Titus grunzt unter mir. Sein großer Körper ist auf meinem Massagetisch ausgestreckt, sein Gesicht versteckt, während es auf seinem steifen Bizeps ruht. Ich massiere seine Schultern schon seit einer halben Stunde und er hat sich nicht einmal entspannt. Wenn überhaupt hat er sich noch mehr verspannt.

Ich fahre mit einer Hand über die atemberaubende Ausdehnung seines Rückens, zeichne die schwarzen Adern seiner Tribal-Tattoos nach und kratze ihn leicht. Ein Atemzug entweicht seinem Mund rasselnd, halb Knurren und halb etwas Weicheres, Sanfteres. Ein Schnurren.

„Du kannst dich jetzt umdrehen“, schlage ich behutsam vor und halte das Handtuch hoch, um ihm dabei zu helfen, sich ohne Scham umzudrehen. Ich werfe nie einen Blick auf Kunden, aber bei Titus kann ich mich einfach nicht zurückhalten. Die feste Kurve seiner Pobacken, die Erhebung seiner Hüftknochen, der kürzeste aller Blicke auf etwas Dickes und Langes, das sich am Ansatz drahtiger Haare befindet –

Er dreht sich auf den Rücken und die Quelle seiner Anspannung wird offensichtlich.

„Meine Güte. Du *bist* hart." Entweder hat er einen Fahnenmast unter dem Handtuch zwischen seinen Beinen aufgestellt oder er besitzt die gewaltigste Erektion, die ich jemals gesehen habe. Auf dem lag er die ganze Zeit? Kein Wunder, dass er sich unwohl fühlt.

Ich lecke mir über die Lippen und starre auf das ausgebeulte Handtuch. Ich sollte anfangen, seine Beine zu massieren – die kräftigen Schenkel kneten, meinen Handballen in die Erhebung oberhalb seines Knies drücken, aber das hätte keinen Sinn. Nicht solange dieses prachtvolle Glied dem Himmel salutiert. Er wird sich nicht entspannen, bis jemand seiner Erregung die Schärfe nimmt.

Dieser Jemand bin ich. *Hurrah!*

Ich ziehe ein elastisches Armband von meinem Handgelenk und binde meine Haare nach hinten. Ich habe bereits meinen Boho-Schal ausgezogen, wodurch meine Arme sowie sommersprossiges Dekolleté in meinem Spaghettiträger-Top entblößt sind.

„Lass mich dafür sorgen, dass du dich besser fühlst", murmle ich und greife unter das winzige Handtuch. Heilige Mutter Gottes, er ist eine Handvoll. Ich packe die pulsierende Wurzel mit einer Hand und reiße die Bedeckung mit der anderen weg. Aus seiner geschwollenen Eichel quellen Lusttropfen und ich gleite mit der Zunge über sie, um von ihm zu kosten –

Ein wildes Knurren und Titus' Oberköper schnellt in

die Höhe, ehe er mein Kinn packt. „Machst du das für all deine Kunden?“ Seine normalerweise grauen Augen lodern in einem strahlenden, strahlenden Blau, das sich mit dem Orange und Rot in dem Strahlenkranz um seinen Kopf beißt.

Seine Aura ist wirklich faszinierend. Die Leidenschaft, die Hitze – Flammen, die vor Hitze knistern – so intensiv –

„Sunny!“

Ich blinzle. Er redet mit mir. Fragt mich etwas. Etwas Wichtiges… denn das Rot bedeutet –

„Du bist wütend“, hauche ich, während ich die glühenden Sonnenuntergangsfarben bestaune.

Er knurrt abermals, aber seine Hand liegt sachte an meinem Kiefer. Er ist so groß und kräftig, er könnte mich problemlos zerbrechen. Doch das tut er nicht. Er ist unendlich sanft und verzieht das Gesicht, als mein Tisch unter seiner massiven, muskulösen Masse ächzt. Er hat den ganzen Nachmittag unter meinem Bus verbracht, mit Schraubenschlüsseln geklappert und Flüche ausgestoßen, bis der Motor wie ein Kätzchen geschnurrt hat. Die Massage sollte eigentlich ein Dankeschön sein. Ich wusste, dass wir eine gute Chemie hatten… aber mir war nicht bewusst, wie gut.

„Antworte mir“, befiehlt er. So herrisch. „Gibst du all deinen Kunden Blowjobs?“

Ich laufe leicht rot an. Ich glaube an freie Liebe, aber wenn ein anderer Mann sagen würde, was er andeutet, würde ich ihn ohrfeigen. Stattdessen ziehe ich eine Braue hoch. „Bekommst du jedes Mal eine Erektion, wenn du massiert wirst?“

Seine Brust hebt und senkt sich, sein Atem bläst die

Haarsträhnen, die um mein Gesicht hängen, nach hinten. In einer Minute wird er explodieren. So viel Wut. Sie jagt mir keine Angst ein. Nein. Wie wäre diese Menge an Leidenschaft wohl im Bett?

„Nein“, faucht er.

Ich verschränke die Arme vor der Brust, um ihm zu zeigen, dass ich mich von ihm nicht herumschubsen lassen werde. Seine Augen sinken auf meine Brüste, die sich weich und eindeutig unter meinem dünnen Top abzeichnen.

Titus bedenkt mich mit so einem wilden und verzweifelten Blick, dass ich Erbarmen mit ihm habe. „Ich gebe meinen Kunden keine Blowjobs. Nicht einmal denen, die mir helfen, wenn mein Bus liegenbleibt.“ *Oder mich beschützen, wenn meine Tochter in schlimmen Mist verwickelt wird.* Ich berühre seinen starren Schenkel und der riesige Muskel zuckt unter meiner kleinen Hand. „Das hier ist für dich, Titus. Nur für dich.“

Das Licht um seinen Kopf flammt strahlend golden auf.

„Mein“, grollt er mit so tiefer Stimme, dass ich das Wort kaum verstehen kann. Bevor ich protestieren kann, stürzt er sich schon auf mich. Seine gigantische Hand gleitet unter mein Top, über meinen flachen Bauch, um meine freischwingende Brust zu umfangen.

„Kein BH. Ich wusste es.“

„Ich trage nie BHs“, informiere ich ihn. „Oder Slips.“

Er gibt ein hilfloses Geräusch von sich und sinkt mit den Knien auf den Boden. Seine große Hand schlägt meinen fließenden Rock nach oben, bevor er sich nach vorne beugt, sein Gesicht auf meine entblößte Pussy presst und einatmet. *Oh meine Güte.* Ich lehne mich nach hinten auf den Tisch, da meine Beine zu schwach sind, um mich aufrecht zu halten.

„Titus –"

„Ruhe." Seine linke Hand, die sich noch unter meinem Top befindet, drückt meinen Busen fest. „Ich habe die Nase voll davon, dass du herumtänzelst und allen deinen straffen, kleinen Körper zur Schau stellst – fuck!" Die Finger seiner rechten Hand gleiten in meine klatschnasse Pussy. „Wieso bist du nur so straff?"

„Yoga", keuche ich. „Jede Menge Yoga."

„Ich meine hier", rumpelt er, während er mich fingert. „Deine Pussy drückt mich, als würde sie mir gleich die Finger abbrechen. Fuck!"

„Ah, oh… das? Es ist eine Weile her –" Wie lange ist es her, seit ich zuletzt flachgelegt wurde? Ich bin absolut sexpositiv, aber ich stecke in einer Trockenphase fest. „Es war einfach eine Menge los. Die Mafia, meine Tochter in Schwierigkeiten –"

„Halt den Mund", murmelt er an meiner Pussy, nicht unfreundlich. „Es wird folgendermaßen ablaufen. Ich werde dich lecken, bis du schreist. Dann werde ich dich vögeln, bis du noch mehr schreist."

Er leckt meine Spalte hoch und meine Knie knicken ein. „Titus", seufze ich.

„So ist's recht, Baby. Sag meinen Namen. Ich bin derjenige, der dich vögelt. Niemand sonst."

Ah, so wunderbar besitzergreifend. Ich würde lachen, aber in seinen Worten schwingt eine gewisse Schärfe mit. Die Anspannung an seinem Kiefer spricht von Schmerz. Jemand hat diesen großen, hübschen Mann verletzt.

Ich lege meine Hand auf seinen Kiefer. „Heute Nacht bin ich dein."

Mit einem Knurren, das an ein Brüllen grenzt, hebt er mich hoch und marschiert zum Schlafzimmer, dessen Tür er hinter sich zutritt.

~

Drei Tage später...

Der sanfte Lichtschein des Tages fällt auf mein Gesicht. Ich winde mich unter Titus' riesigem, tätowiertem Arm hervor und schlüpfe aus dem Bett, ohne ihn aufzuwecken. Sein Gesicht ist entspannter, als es das die ganze Woche über war. Seit dem Massageversuch haben wir das Bett kaum verlassen. Wir sind nur einmal ausgegangen, um an einer Grillparty mit Titus' Sohn Tank und ihrem Motorradclub teilzunehmen. Für einen Biker ist Titus ziemlich verklemmt, aber jetzt schläft er wie ein Toter.

Guter Sex stellt das mit einem Mann an. Gedanklich poliere ich mir die Nägel an meinem Shirt. Ich habe das bewirkt.

Auf Zehenspitzen schleiche ich zu meiner Tasche und zucke zusammen, als das Bett knarzt. Es hängt auf einer Seite nach unten – gebrochen. *Uups*. Ich schlage mir eine Hand vor den Mund, bevor ich wie ein Mädchen kichere. Titus ist so verklemmt und kontrollierend, wie es nur geht, aber wenn er sich gehen lässt? Das Bett ist nicht das Einzige, das die Wucht seiner Leidenschaft zu spüren bekommen hat. Ich werde einige Tage wund sein, aber ich habe nichts dagegen. Es war großartiger Sex. Ungehemmt, wild, grob. Ich glaube, Titus hat sich selbst damit verschreckt, wie sehr er mich wollte. Wie sehr er mich beanspruchen musste.

So heiß.

Aber alle guten Dinge enden irgendwann.

Ich ziehe eine meiner handbemalten Karten hervor – ein Wasserfarbenbild von Cathedral Rock oben in Sedona – und drehe sie um. Auf die Rückseite schreibe ich mit einem schwarzen Kalligraphie-Stift:

Titus,

Danke für alles.

Ich nage an meiner Unterlippe, weil ich mich an den Schmerz erinnere, der über sein Gesicht huschte. Eine Frau verletzte Titus und ich mag zwar Pazifistin sein, aber ich würde dem Miststück die Augen auskratzen, wenn ich ihr je über den Weg liefe. Aber das ist nicht mein Kampf.

Ich tippe mit dem Stift gegen die Karte. Was soll ich schreiben? *Ich wünschte, du wärst bereit für eine Beziehung? Ruf mich an, wenn du deinen Scheiß geregelt hast?*

Stattdessen schreibe ich:

Ich hoffe, wir treffen uns bald wieder.

Alles Liebe,

Sunny

So. Kurz und bündig. Es sagt alles, das ich ihm sagen muss. Ich schleiche mich aus dem Apartment, das mir der Motorradclub während der letzten Woche zur Verfügung gestellt hat, und schließe die Tür vorsichtig. Ich werde meine Tochter bitten, meinen Massagetisch abzuholen und für mich zu lagern, bis ich nach Tucson zurückkehre. Sie hat sich hier niedergelassen und ihren Seelengefährten gefunden. Sie ist jetzt in Sicherheit, denn sie lebt mit Titus‘ Sohn zusammen. Foxfire und Tank sind füreinander bestimmt.

Titus und ich… das ist eine andere Geschichte. Ich weiß nicht, was die Zukunft für uns bereithält, aber jetzt zu gehen, ist das Richtige.

Titus und ich haben eine gute Chemie – jede Menge davon. Aber ich bin viel zu viel für den Mann.

Das ist nichts Neues für mich.

Titus ist wie sein Seelentier – der Wolf. Er sollte frei umherwandern. Er ist ein Jäger, aber nachdem er mich gefangen hatte, wusste er nicht, was er mit mir anstellen sollte.

Und ich will verdammt sein, wenn ich hierbleibe, obwohl ich nur wieder verletzt werden werde.

Falls wir füreinander bestimmt sind, wird das Universum schon dafür sorgen, dass sich unsere Pfade noch einmal kreuzen.

Dessen bin ich mir sicher.

Ich schleiche auf Zehenspitzen über den Gehweg wie ein College-Mädchen, das den Walk of Shame aus einem Verbindungshaus antritt, und steige in Daisy, meinen VW-Bus. Dank Titus springt er sofort an.

Die Straße verschwimmt, während ich wegfahre, aber ich schaue nicht zurück.

Ich kann nicht.

Zu gehen, ist das Richtige, ganz gleich wie sehr es auch wehtut.

KAPITEL 1

itus

ICH PARKE mein Motorrad an der Rio Grande Brücke und laufe nach unten, um mir die Szene am Ende der Brücke anzuschauen.

Und es ist eine Szene. An der Seite haben sich Verkäufer versammelt, manche haben Stände aufgebaut, manche agieren aus Bussen oder von der Ladefläche eines Pickup-Trucks. Es werden Pinienkerne feilgeboten. Örtlicher Honig. Schmuck. Die Verkäufer sind eine Mischung aus amerikanischen Ureinwohnern und Hippies.

Eine Brücke spannt sich über die Rio Grande Schlucht, mehr als Übelkeit erregende hundertachtzig Meter über dem riesigen Canyon. Ich höre, wie ein Touristenführer gerade jemandem erzählt, dass es eine der höchsten Brücken des Landes ist. Ich erkenne sie aus *Easy Rider* und einem der *Terminator* Filme – zwei meiner Lieblingsfilme.

Ich schnuppere in der Luft, nehme den Geruch von Kaffee, Eiscreme und Schweiß wahr. Die Sonne knallt in dieser Höhenlage noch stärker vom Himmel und meine lederne Motorradjacke fühlt sich plötzlich zu heiß an.

Ich schäle sie mir vom Körper und werfe sie über den Motorradsitz. Ich weiß nicht warum, aber ich habe ein gutes Gefühl bei diesem Rastplatz. Als würde ich die Information, die ich brauche, von einem der Menschen kriegen, die sich hier versammelt haben. Es knistert eine positive Energie in der Luft.

Jemand weiß etwas. Ich bin aus einem Grund hier; ich kann es fühlen.

Mein Alpha schickte mich los, damit ich einigen Informationen nachgehe, die wir über ein anderes Data-X-Labor draußen auf der Hochebene von New Mexico erhielten. Ich kundschaftete die Sandia National Labore aus, weil wir dachten, dass es dort sein könnte, aber ich witterte keine Gestaltwandler. Ich überprüfte auch Roswell wegen der Alien-Berichte, doch auch dort fand ich nichts. Dort mögen Aliens sein, aber ich roch keine Gestaltwandler.

Ich kenne nur einen Wolf in New Mexico und er ist ein Einzelgänger. Kein Rudel, lebt komplett zurückgezogen. So zurückgezogen, dass er kein Telefon hat – Festnetz oder Handy. Es ist Jahre her, seit ich ihn zuletzt gesehen habe. Zur Hölle, ich weiß nicht einmal, ob er noch in dieser Gegend lebt, aber ich denke mir, falls irgendein merkwürdiger Mist mit den Data-X-Typen – irgendwelche Tests der Regierung an Gestaltwandlern oder Verschwinden von

Gestaltwandlern – in seinem Staat vor sich ginge, dann wüsste er Bescheid.

Also bin ich zu dem Ort gefahren, von dem ich weiß, dass er ihn im Sommer stets aufsucht – die Gegend um Taos und den Red River, wo er gerne angelt.

„Titus? Oh meine Göttin!“ Eine Frauenstimme stoppt mich mitten im Schritt und mein ganzer Körper reagiert, als würde eine Sturzflut der Lust durch meine Adern rauschen.

Fuck.

Nicht sie.

Ich bin jetzt absolut nicht für das hier in der Stimmung.

Ich drehe mich langsam um und obwohl ich darauf vorbereitet bin, die Helligkeit zu sehen, die Sunny Hines ist, haut mich ihre Schönheit um.

Ich spanne meinen Kiefer an und zwinge mich zum Atmen.

„Sunny.“ Es kommt wie ein Knurren raus. Wie eine Rüge, was es auch ist, schätze ich.

Diese Frau bedeutet verdammt viel Ärger mit Betonung auf verdammt viel.

Ein freiheitsliebender Hippie, der vor zwei Jahren wie ein verdammter Hurrikan durch mein Leben fegte. Sie ließ definitiv Schäden zurück. Und mir war damals nicht einmal bewusst gewesen, dass für mich etwas auf dem Spiel gestanden hatte.

Sie trägt ein Top, dass ihre schlanken, muskulösen Arme zeigt, und ihre langen Haare sind zu einem Zopf geflochten, der über eine zarte Schulter hängt. Sie stürzt sich auf mich.

Man würde meinen, dass eine so winzige Frau nicht

viel ausrichten könnte, aber ich muss mich wappnen, um ihr volles Gewicht auffangen zu können, und mir bleibt keine andere Wahl, als sie in einer ungestümen Umarmung von den Füßen zu heben. Ihre Arme legen sich in einem Würgegriff um meinen Hals.

„Heilige Mutter Gottes. Ich wusste, ich würde dich wieder sehen! Das ist so toll. So eine Überraschung." Sie atmet kaum zwischen den Sätzen. „Wie geht es dir? Warst du in Tucson, um die Kinder zu besuchen?"

Ich bemühe mich, mich aus der Umarmung zu lösen, hauptsächlich weil es zu viel für mich ist, zu spüren, wie ihre weichen, BH-losen Brüste über meine Brust reiben. Vor allem in Kombination mit ihrem einzigartigen Geruch. Ich weiß nicht, was es ist – vermutlich irgendein Weihrauch oder Patschuli Mist, aber an ihr riecht es nicht schlecht. An ihr wirkt es wie eine weibliche Kraft vermischt mit Mystizismus.

Es riecht nach Gefahr.

Mein Wolf ist da anderer Meinung. Mein Wolf findet, dass sie nach hedonistischem Vergnügen riecht.

Und dafür ist er absolut zu haben.

Aber ich nicht.

Fuck, nein. Diese Frau – diese *Menschen*frau – ist die letzte Person, auf die ich mich einlassen sollte. Ich denke bereits, dass ich bei meiner ersten Gefährtin einen Fehler beging, aber ich weiß ohne jeden Zweifel, dass diese hier noch einhundert Mal schlimmer ist.

Barbara blieb wenigstens einige Jahre, um zuzuschauen, wie Titus Junior zu einem kleinen Jungen heranwuchs. Aber vielleicht ist das nicht fair. Soweit ich das beurteilen kann, war Sunny eine großartige alleinerziehende Mutter für Foxfire, die Gefährtin meines Sohnes.

Aber sie ist schrecklich albern. Wie eine irre Traumtänzerin.

Ich räuspere mich, während ich erneut versuche, wegzutreten, aber sie folgt mir in meinen persönlichen Raum. Zum Teufel mit ihr. „Äh, ja. Ich hab die Kinder vor ein paar Wochen gesehen. Alles gut."

„Irgendeine Erwähnung von Enkelkindern?" Die Hoffnung auf ihrem Gesicht ist so blendend, dass ich den Blick abwenden will. Leute sollten ihre Emotionen nicht so offen zeigen. Das ist verstörend. Stellt etwas Komisches mit meinem Magen an.

„Nein", sage ich zu barsch. „Zumindest habe ich nichts Derartiges gehört. Aber ich dränge auch niemanden zu so etwas." Ich funkle sie finster an, als sei es vollkommen unangebracht für eine Frau in den Fünfzigern – eine Frau, die viel zu hübsch aussieht, um in den Fünfzigern zu sein – Enkelkinder zu wollen.

Das Strahlen auf ihrer Miene erleidet einen leichten Dämpfer und sie weicht zurück.

Es tut mir sofort leid, dass ich so ein Dreckskerl war. Mein Wolf regt sich und ist ruhelos, als bräuchte er es, dass ich das in Ordnung bringe. Augenblicklich. Bevor mir bewusst ist, was ich eigentlich tue, strecke ich meine Hand aus, um ihren Arm zu berühren.

Ich *streichle* ihren Arm verdammt noch mal – als hätte ich irgendein Recht, sie auf diese Weise zu berühren. Ihre sonnenverwöhnte, weiche Haut zu liebkosen. „Ich bin mir sicher, sie werden irgendwann geboren werden. Die Kinder sind noch jung."

Eine Art von Schmerz, den ich nicht entziffern kann, huscht über ihr Gesicht, aber sie nickt und dreht ihr Lächeln wieder auf. „Nun, was machst du hier, Titus? Du bist eindeutig nicht hergekommen, um mich zu besuchen.“

Die Vorstellung, dass ich herkommen würde, um sie zu besuchen, ist aberwitzig und sie muss das wissen, denn Röte kriecht ihren Hals hinauf. Es mag zwar niedlich sein, eine Frau in unserem Alter erröten zu sehen, aber noch einmal – die Frau muss aufhören, jede einzelne Emotion zu zeigen. Es ist verdammt gefährlich, so viel Verletzlichkeit zu zeigen. Vor allem für eine Frau wie sie, die allein in einem gottverdammten Airstream-Wohnwagen lebt. Jeder Typ könnte sie ausnutzen. Niedermähen.

Und dieser Gedanke sorgt dafür, dass Wut über meine Haut kribbelt.

„Ich bin in offiziellen Rudel– ich meine Clubangelegenheiten hier.“ Ich weiß nicht, ob Sunny ganz versteht, was wir sind. Sie lebt in einer anderen Dimension. Für sie hat jeder ein Seelentier, das sie mit ihrem inneren Auge sehen kann. Daher sieht sie meines als einen Wolf. Sie sah das ihrer Tochter als Fuchs, weshalb sie sie Foxfire nannte. Aber versteht sie wirklich, dass wir Gestaltwandler sind? Dieser Teil ist unklar.

Wäre sie eine andere Art Mensch, wäre es vermutlich notwendig gewesen, es ihr zu erklären. Doch sie akzeptiert alles einfach, als sei es nichts. Ich glaube nicht, dass sie tatsächlich schon einen Gestaltwandler in seiner wahren Tiergestalt gesehen hat. Tank schwor zumindest seinem Alpha, dass sie es nicht gesehen hatte. Ich glaube nicht, dass sie weiß, dass es echt und kein Seelentier ist.

Sie kam zum Rudellauf meines Sohnes. Dem Lauf, bei

dem ich den Himmel mit Feuerwerken erhellte, um ihre Tochter im Rudel willkommen zu heißen. Doch da sie kein Mitglied ist, nahm ich sie auf meinem Motorrad mit, als es an der Zeit war, dass sich alle verwandelten und laufen gingen.

Sie starrt mich jetzt mit offenem Gesicht an und erwartet offensichtlich mehr.

„Es sind private Angelegenheiten", füge ich hinzu. Ich werde auf gar keinen Fall ernste Rudelangelegenheiten mit ihr besprechen.

„Oh. Nun, großartig. Hast du eine Bleibe für die Nacht?"

Ich sehe mich nach ihrem Airstream um, aber kann ihn nicht entdecken. Ihren bemalten VW-Bus, der am Rand der Schlucht geparkt ist, sehe ich hingegen. Daisy nennt sie ihn, glaube ich. Unfassbar. Wie in aller Welt konnte ich ihn zuvor übersehen? Ich arbeitete eine ganze Woche an diesem Teil, weil ich nicht wollte, dass sie eine Panne riskierte, indem sie mit diesem uralten Haufen aus Schrauben und Muttern herumfuhr.

Ich habe noch keine Pläne für meine Unterkunft für die Nacht, aber das Schicksal weiß, dass ich niemals in den Airstream passen würde, falls sie noch immer dort schläft. Nicht, dass ich vorhabe, jemals wieder in ihre Nähe zu kommen, wenn auch ein Bett in der Nähe ist. „Ich werde schon was finden", sage ich.

Ihr Lächeln verliert noch mehr seiner Strahlkraft.

Mein Wolf hasst das.

„Ja, klar. Klasse. Nun, wenn du ein Bierchen trinken willst oder so was, während du –"

„Ich denke nicht", falle ich ihr ins Wort. Ich muss von

dieser Frau weg, bevor sie mich wieder in ihr weibliches Netz lockt. Ich erinnere mich noch gut daran, wie schrecklich ich mich fühlte, als sie das letzte Mal ging. „Aber danke."

„Sunny!", ruft ein gut aussehender, aber eindeutig schwacher und rangniedriger Menschenmann von einem Tisch in der Nähe. „Unterrichtest du heute Abend Hausdach-Yoga?"

Oh, nein, das hat er nicht gesagt.

Ich denke ernsthaft, dass mich dieses Arschloch herausfordert. Er mag sein eigenes Verhalten nicht verstehen – Menschen sind Idioten, wenn es um Rudeldynamiken und Rangordnung geht, obwohl sie jeden Tag selbst daran teilnehmen – aber ich garantiere, dass er mich mit Sunny reden sah und ihm sein Wesen eingeredet hat, dass er sich bemerkbar machen soll.

Arschloch.

Sunny dreht ihr strahlendes Gesicht in seine Richtung. „Auf alle Fälle! Kommst du?"

„Selbstverständlich. Ich freue mich darauf, meine Hüften mit dir beim Sonnenuntergang zu öffnen."

Sunny schnaubt, was meinen Wolf nur teilweise besänftigt. In Wahrheit würde ich gerne dort rüber laufen und dem Typen in den Bauch boxen. Ihm lehren, dass er nicht in meinem verdammten Territorium wildern soll.

Whoa.

Reiß dich am Riemen, Titus.

Diese Frau ist definitiv nicht mein Territorium. Ich habe sie nicht markiert und es auch nicht vor. Das letzte Mal, als ich mich mit einer Frau paarte, endete das übel.

Brachte mich um meine Rudelposition und ruinierte das Leben meines Kindes.

Aber ich bin nicht in der Lage, einfach zu gehen und diesem Typen zu erlauben, heute Abend mit Sunny seine verdammten Hüften zu öffnen.

„Was ist Hausdach-Yoga?“, blaffe ich.

Belustigung huscht über Sunnys Gesicht. „Ich unterrichte Yoga bei Sonnenuntergang auf dem Dach eines der Lokale an der Plaza. Warum? Wirst du kommen?“ Sie verschränkt die Arme mit einer neckenden Herausforderung im Blick vor der Brust.

Und mein Wolf sagt nie Nein zu einer Herausforderung.

Niemals, jemals.

Ich stottere, als ich zu antworten versuche. „Yeah.“ Die Silbe rollt über meine Lippen. „Um wie viel Uhr?“

„Sieben Uhr.“ In ihren Augen tanzt nach wie vor Belustigung. „Du hast aber wahrscheinlich keine Kleider, in denen du dich dehnen kannst.“

Gibt sie mir einen Ausweg?

Ich blicke hinüber zu Arschgesicht. „Ich werde mir etwas einfallen lassen.“

„Nun, spitze.“ Jetzt liegt eine falsche Fröhlichkeit in ihrer Stimme und das gefällt mir nicht besonders. Will sie mich nicht dort haben? Will sie tatsächlich ein Yoga-Date mit Arschgesicht? Sie macht einige Schritte weg von mir. „Dann bis später.“

„Warte – wo genau?“

„Auf der Dachterrasse über La Cantina. Folge einfach der Menge mit den Yoga-Matten – du kannst es nicht verfehlen.“

Yoga-Matten… fuck.

Als könne sie meine Gedanken lesen, sagt sie: „Ich bringe eine Matte für dich mit.“ Sie zwinkert mir zu, bevor sie davonschlendert, wobei sich ihr Hüftschwung in mein Gehirn einbrennt wie ein hypnotisches Einsatzzeichen für Lust.

Oh zur Hölle. Was habe ich gerade getan?

Ich bin in Rudelangelegenheiten hier und ich lasse mich von einer Frau ablenken. Hier liegt ein Muster vor, das wirklich unheimlich ist. Frauen bedeuten Ärger für mich. Ich wurde wegen einer Frau aus meinem Rudel geworfen. Tank und ich wanderten wie Bettler umher, bis mich Emmett Green in seinem Rudel in Wolf Ridge, Arizona, nördlich von Phoenix aufnahm. Und jetzt, nach fünf Minuten mit einem hübschen Menschen, bin ich bereit, meine Befehle für die mir untypischste Aktivität auf dem Planeten zu ignorieren – Hausdach-Yoga.

Ich muss den verdammten Verstand verloren haben.

Sunny

Oh Grundgütiger.

Ich vergaß, wie attraktiv Titus ist. Riesige, männliche, muskulöse Pracht. Unerschütterlich wie eine Mauer, sowohl körperlich als auch emotional.

Aber er ist ein Alphamann, weshalb er sich, als sich Chas nach dem Yoga erkundigte, nicht davon abhalten konnte, seinen Schwanz in den Ring zu werfen. Ja, ein Bildbruch. Meine Spezialität.

Wie emotional unreif.

Und ein wenig schmeichelhaft.

Nun, es wäre schmeichelhaft gewesen, wenn er mir zuvor nicht mehr oder weniger eine Abfuhr erteilt hätte. Also ist es jetzt einfach nur nervig. Als wolle er mich nicht, aber es ist auch niemand anderem erlaubt, mich zu haben? Ich denke nicht.

Dieses Spielchen spiele ich nicht mit, großer Junge.

Ich spiele gar kein Spiel mit dir. Wenn du mich willst, komm und hol es dir. Aber wenn du noch immer nicht bereit bist, verschwende nicht meine Zeit. Ich habe ein Leben zu leben.

Ich gehe zurück zu meinem Stand und mache mich daran, alles für den Abend einzupacken. Heute habe ich keinen einzigen Gegenstand verkauft. Doch so geht es eben manchmal zu. Der Tag fühlte sich schon irgendwie schal an, als ich heute Morgen aufwachte, aber ich muss trotzdem dort raus und es versuchen. Mir geht es gut – Geld taucht immer auf, wenn ich es brauche. Das Universum hält mir den Rücken frei, das steht fest.

Ich gebe mich nicht diesem *wehe mir, ich bin eine hungernde Künstlerin* Ding hin, denn ich weiß, dass das zu einer Identität werden kann und das ist keine, die ich wählen werde. Ich schiebe mich hinter das Lenkrad meines Busses und lasse den Motor an. Daisy fährt noch immer wie ein Traum dank des kratzbürstigen Mannes, von dem ich gerade weggelaufen bin.

Ich sehe mich nach dem Platz um, wo er geparkt hat, und

entdecke ihn auf seinem Motorradsitz, von wo er mich direkt anstarrt. Ich hebe meine Hand zu einem übertrieben fröhlichen Winken, das er nicht zur Kenntnis nimmt. Stattdessen lässt er das Motorrad an und rast mit einem Röhren davon.

Testosteron.

Der Typ hat wirklich viel zu viel davon.

Er ist definitiv keiner dieser sensiblen, sanften Typen. Eher eine Version von King Kong trifft Höhlenmensch.

Und dennoch spüre ich noch immer, dass er der Eine sein könnte. Da ist etwas in mir, das sich so lebendig fühlt, wenn ich bei ihm bin. Als könnte er mein Seelengefährte sein. Zwillingsflamme. Schicksalspartner.

Aber sein Kopf steckt so weit in seinem Arsch, dass er seine Seelengefährtin nicht einmal erkennen würde, wenn sie nackt vor ihm tanzen würde. Er ist ein überzeugter *Bruder vor Luder* Typ.

Er trägt Scheuklappen, die beinahe alles außer seinem heißgeliebten Motorradclub ausblenden. Und er mag groß und stark und leidenschaftlich sein, aber was er nicht weiß, ist, dass Verletzlichkeit manchmal den meisten Mut erfordert. Sich vor jemandem zu entblößen. Dein Herz für die Liebe aufs Spiel zu setzen. Deine Emotionen. Deine Seele.

Aber ich bin diesbezüglich auch kein gutes Vorbild. Ich wurde schon viel zu viele Male verletzt. Ich werde Titus nicht die Tür öffnen, damit er hindurchlaufen kann, ehe ich nicht mit Sicherheit weiß, dass er dieses Mal bereit ist. Dass es funktionieren wird.

Also ja, ich schätze, ich bin ein ebenso großer Feigling wie er.

Ich fahre zur Plaza und parke auf dem Parkplatz.

Anschließend ziehe ich die Vorhänge um die Busfenster zu, um meine Yogaklamotten anzuziehen.

Hausdach-Yoga ist das Highlight meiner Woche. Vor allem jetzt, da Sommer ist und wir keine Heizlüfter mehr brauchen. Ich schnappe mir die Matten und mache mich daran, zur Plaza zu laufen, wobei ich meinen Freunden und Schülern winke, die ebenfalls dorthin strömen.

Taos ist eine großartige Gemeinde – eine Mischung von drei verschiedenen Kulturen: Nachfahren der ursprünglichen spanischen Siedler, die noch immer Spanisch sprechen und sämtliche Regierungsposten innehaben, die amerikanischen Ureinwohner, denen das meiste Land in der Gegend gehört, und die Hippies, die in den Sechzigern kamen und die Bohemien-Läden öffneten.

Ich liebe es, aber ich glaube nicht, dass ich mich hier für immer niederlassen werde. Ich warte mit angehaltenem Atem auf Enkel. Falls Foxfire schwanger wird, werde ich im Nu zurück nach Arizona ziehen.

Ich laufe die Treppe zum Dach hoch, wo Tara, die Lokaleigentümerin, die Audioausrüstung testet.

„Hi Mädel, wie läuft's?" Sie streckt eine Hand nach meinem Handy aus, das sie mit der Lautsprecheranlage verbindet. Sie hielt mich für verrückt, als ich ihr im letzten Jahr meine Idee für Sonnenuntergangs-Yoga auf ihrer Dachterrasse vorschlug. Aber jetzt da sie gesehen hat, dass es eine große Gruppe Leute herbringt, die anschließend zum Essen und Trinken bleibt, reißt sie sich ein Bein aus, um mir behilflich zu sein.

„Es läuft gut, wirklich gut."

Sie blickt mich aus zusammengekniffenen Augen an.

„Echt? Du wirkst nicht wie dein übliches fröhliches Selbst.“

Ich zwinge mich zu einem Lachen und reibe meine Lippen aufeinander. „Heute Abend kommt ein Mann vorbei.“

„Ooh.“ Sie wackelt mit den Augenbrauen. „Welcher?“

Ja, Taos ist so klein. Der Witz lautet, dass man, wenn man erst einmal jeden Mann auf der Liste verfügbarer Junggesellen gedatet hat, keine andere Wahl hat, als zu rebooten und wieder oben anzufangen.

Ich schüttle den Kopf. „Ein Kerl aus Arizona. Wir hatten mal eine kurze Affäre, aber… er mag Frauen nicht sonderlich.“

Sie schürzt die Lippen. „Klingt für mich nach einem Loser. Vielleicht solltest du den auslassen.“

Irgendetwas zieht sich in meiner Mitte zusammen. Fast so, als wäre ich um seinetwillen beleidigt. Titus ist kein Loser. Er ist ein wunderschöner und beschädigter Mensch wie wir alle. Ich akzeptiere vollkommen, wer er ist. Ich muss nur auf meine Intuition hören, um zu entscheiden, ob es in meinem besten Interesse ist, mich auf ihn einzulassen.

Tara legt den Kopf schief. „Aw, du magst ihn wirklich, oder? Nun, ist er schon hier? Ich möchte ihn kennenlernen.“

„Er soll eigentlich zum Yoga kommen, aber ich kann mir nicht vorstellen, wie er das machen will. Er ist wie ein Sattelschlepper gebaut und ungefähr genauso beweglich.“

Sie lässt ein Lachen verlauten. „So magst du sie also. Darauf wäre ich nie gekommen. Hätte dich mehr für eine der Frauen gehalten, die auf die dürren Yogatypen steht.

Aber andererseits wählen wir häufig unser Gegenteil, oder?“

Ich schüttle den Kopf. „Ich werde nichts mit ihm anfangen“, sage ich, als hätte ich bereits eine Entscheidung gefällt.

Irgendein Hoffnungsschimmer in meiner Brust verkümmert jedoch, als die Worte meinen Mund verlassen.

„Mh hmm.“ Sie reicht mir mein Handy, das jetzt mit dem Soundsystem verbunden ist, sodass es meine „erobere die Welt“-Playlist für alle abspielen kann. Ich nehme das Headset von ihr entgegen und ziehe es an, ehe ich das Mikrophon teste.

Die Gruppe kommt nach und nach herein. Chas betritt die Terrasse und breitet seine Matte direkt vor mir aus. Nach diesem dämlichen Gehabe heute an der Schlucht, kann ich ihn nicht einmal anschauen.

Die Terrasse füllt sich mit mindestens fünfundzwanzig Leuten. Ich erhalte die ganze Bandbreite in Bezug auf Alter und Fähigkeiten. Ich bin nicht so selbstverliebt, dass ich glaube, sie kämen wegen mir oder meinem Unterricht hierher – sie lieben einfach die Atmosphäre. Das Dach. Den Sonnenuntergang. Die Musik und das lockere, aber dennoch echte Kursformat. Jung und alt sind hier, Mutter-Teenager Kombinationen, super muskulöse Raftingführer, andere Yogis und die bunt zusammengewürfelte Truppe freundlicher Gesichter.

Ich winke meinen Freundinnen, Adele, die Chocolatier; Charlie, unsere Postmeisterin; und Sadie, eine Vorschullehrerin, während sie ihre Matten an ihren üblichen Plätzen ausrollen.

Ich platziere meine Hände vor meinem Herzen und

verbeuge mich. „Willkommen alle miteinander. Namaste. Bitte setzt euch im halben Lotussitz auf eure Matten, wenn das bequem für euch ist.“ Ich atme tief ein, um mit ihnen meine kurze Meditation und Denkanstoß für den heutigen Abend durchzuführen. Eigentlich hatte ich vor, über Nachsicht anderen gegenüber zu reden, aber es fühlt sich nicht mehr relevant an.

„Yoga ist eine Übung mit Rhythmus. Es besteht ein Timing zwischen Atmung und Bewegung. Man weiß, wann man sich zu bewegen, wann man eine Position zu halten, wann man sie zu lösen, wann man sich zu erholen hat. So ist das Leben. Auf das Timing zu achten, macht den Unterschied. Übt keinen Druck aus, wenn etwas noch nicht so weit ist. Zögert nicht, wenn etwas reif ist. Diese Woche, während ihr durch das Leben geht, stellt euch die Frage – ist das Timing richtig für das hier? Sollte ich noch warten oder sollte ich mit beiden Händen zupacken? Wann ist es an der Zeit, das Alte ziehen zu lassen? Wann ist es an der Zeit, das Neue hinzuzuholen?“

Ich verstumme und gebe ihnen einen Moment der Stille, in dem sie das überdenken können.

„Schließt eure Augen.“ Ich warte, bis sie gehorchen. „Wir werden mit drei Oms beginnen. Bitte lasst euren Atem ziehen. Und nach dem Einatmen fangen wir an.“ Ich mache den Laut, gerade als Titus‘ riesige Gestalt oben auf der Treppe erscheint.

Er trägt ein dunkelblaues T-Shirt, das sich an seine prallen Muskeln schmiegt, und eine kurze Sporthose. Er sieht so fehl am Platz und unbehaglich wie eine Nonne in einem Stripclub aus, weshalb ich während meines Oms nicke und auf die Matte deute, die ich für ihn am Ende der ersten Reihe ausgerollt habe.

Seine Brauen senken sich, aber er trottet zu der Stelle und versucht – witzigerweise – sich im Schneidersitz hinzusetzen. Das Kreuz und die Hüften des armen Mannes sind viel zu eng, als dass sie ihm erlauben könnten, seine Knie zu öffnen oder sein Rückgrat durchzudrücken. Ich hätte etwas mehr Mitleid mit ihm, wenn er mich nicht anschauen würde, als sei ich vollkommen durchgeknallt.

Ich kenne diesen Blick. Den bekomme ich schon mein ganzes Leben.

Und Taos – insbesondere dieser Kurs – ist ein Ort, an dem ich Ich sein kann. Also kann er mich mal kreuzweise.

Wir beenden die drei Oms.

„Und jetzt stellt euch vorne an eure Matte ins Tadasana- oder die Berghaltung."

Titus' Stirn kräuselt sich, während er darum kämpft, aufzustehen. Ich wende den Blick ab aus Angst, seinen Stolz zu stark zu kränken.

„Wir werden mit unserem Sonnengruß beginnen. Beim Einatmen die Arme nach oben. Und beim Ausatmen die Vorbeuge. Fingerspitzen auf den Boden oder Hände an die Schienbeine und einatmen, hebe deinen Kopf, hebe deinen Blick. Ausatmen und lasse deinen Kopf sinken. Verlagere dein Gewicht auf deine Hände und trete oder springe beim Einatmen in die Liegestütze. Ausatmen und drücke dich nach hinten in den herabschauenden Hund."

Armer Titus. Es war so gemein von mir, ihn dazu anzustacheln, herzukommen. Ich laufe um die Matten zu der Stelle, wo er sich gerade damit abmüht, seine Hüften zum Himmel zu heben. „Das ist es", murmle ich, auch wenn meine Stimme von den Lautsprechern verstärkt wird, sodass es alle hören. Ich drücke meinen Handballen auf sein Kreuzbein und übe sanften Druck aus, womit ich sein Becken ermutige, sich so zu neigen, dass seine Sitzhöcker nach oben rollen.

Er atmet scharf aus.

„Drücke die Füße in den Boden, beuge ein Knie und drücke das andere durch, um deine Wade zu dehnen."

Ich schiebe meine Hand vorne um sein Becken und lege meine Daumen auf seinen Rücken, um seine Haltung leicht zu korrigieren.

Ich schwöre, ich höre ein leises Knurren aus seiner Kehle dringen. Es ist nicht bedrohlich, aber mein Körper reagiert automatisch. Ich ziehe meine Hände weg und trete zurück.

Okay, Kumpel. Du bist auf dich allein gestellt.

Titus

DIESE FRAU BRINGT MICH UM.

Ich meine, im Ernst. Ich werde vielleicht sterben. Nicht nur wegen des Dehnungs-Teils, auch wenn der beschissen ist. Doch ich bin ein Wolf. Unzerstörbar. Es mag jetzt wehtun, aber ich werde mich in zwanzig Minuten bereits davon erholt haben. Nein, das Problem ist, dass mein verdammter Schwanz ununterbrochen gereizt wird.

Die kleine Miss Yogi legt ihre himmlisch riechenden

Hände um meine Hüften – so nah an meinem Schwanz – und es geht mir nur ein einziger Gedanke durch den Kopf.

Ficke. Sie. Hart.

Ich verspüre das drängende Bedürfnis, die Frau auf ihre Knie zu zwingen und ihr den besten Verwendungszweck für diesen dehnbaren, geschmeidigen Körper zu zeigen.

Und das Schlimmste ist, dass ich jedes Mal, wenn sie in meiner Nähe vorbeiläuft und uns mit ihrer Singsang-Stimme anleitet, einen halben Ständer kriege, was in diesen Trainingshosen wirklich verdammt schwer zu verbergen ist.

Das ist die pure Folter. Es war die reine Dummheit, die mich dazu getrieben hat, hierherzukommen. Doch dieser dämliche Dreckskerl von der Schlucht ist ganz vorne und versucht, sein Können unter Beweis zu stellen. Also ja. Ich werde nicht gehen. Und ich bin ein verdammter Wolf. Mein Körper sollte alles tun, auch wenn ich über fünfzig bin. Ich mag mich zwar noch nie in meinem Leben so bewegt haben, aber ich werde es auf jeden Fall tun. Denn ich werde mich nicht von dem Schönling dort drüben ausdehnen lassen.

„Es ist nicht notwendig, sich an seine Grenzen zu bringen. Es geht um Akzeptanz. Darum, die eigenen Grenzen zu kennen. Zu wissen, wo der Körper heute steht, nicht, wo man sein möchte. Ehre deinen Körper. Folge deinem Wissen."

Oh um Himmels willen. Ich will die Frau zum Schweigen bringen. Mit meinem Schwanz in ihrem Hals.

Okay, das ist vulgär und respektlos. Mein Wolf wird viel zu ungehobelt. *Ruhig Blut, Junge*. Du darfst sie nicht vögeln. Diesen Pfad beschreiten wir nicht noch einmal. Frauen sind eine Ablenkung, mit der ich eindeutig nicht umzugehen weiß in Anbetracht dessen, dass ich hier oben bin und meinen Hintern in den Himmel strecke, anstatt der Spur zu folgen, der zu folgen ich angeordnet wurde.

Und sie ist nicht einmal ein Wolf.

Ich bin so erbärmlich, dass es schon furchterregend ist.

Sie leitet die Gruppe zu irgendeiner Armgleichgewichtsübung – einer Pfauhaltung – an. Das kann ich tun. In meinen Bauch- und Armmuskeln verfüge ich über Kraft in rauen Mengen. Ich presse meine Ellbogen unter meine Rippen, drücke meine Hände flach auf die Matte und strecke meine Beine hinter mir aus, sodass ich parallel zur Matte schwebe.

Die Leute um mich herum bemerken das und murmeln wohlwollend.

Nimm das, Schönling.

„Yoga ist eine persönliche Übung. Es besteht kein Grund, sich mit anderen zu vergleichen. Es gibt keinen Wettbewerb."

Sie sähe hübsch mit einem Knebel aus. Ein knallpinker, der zu all den Farben passt, die sie gerne trägt. Sie würde auch gefesselt reizend aussehen. Nackt, versteht sich. Die Handgelenke in einer anderen knalligen Farbe an mein Kopfbrett gebunden. Ihre Füße würde ich jedoch frei lassen, damit sie mir zeigen kann, wie weit genau sie diese Beine spreizen kann. Wie sehr sie sich verbiegen kann, wenn meine Hände auf ihr liegen.

Oh Fuck sei Dank. Der Kurs ist endlich vorbei. Zumindest glaube ich das. Wir liegen auf dem Rücken, die

Augen geschlossen, und tun nichts. Totenstellung hat sie es, glaube ich, genannt.

Oh, jetzt läuft die verrückte Frau herum und reibt Öl auf den Hals jeder Person und zieht ihre Köpfe von den Schultern weg.

Mein Wolf beginnt zu knurren. Er mag es *nicht*, dass sie jeden Scheißkerl in diesem Kurs anfasst.

Als sie zu mir gelangt, beruhigt und erregt mich der Geruch des Öls gleichermaßen. Berauscht mich. Oder ist es ihr Geruch? Nein, es muss das Öl sein. Es ist ja nicht so, als könne ein Mensch einen Gestaltwandler verführen.

Doch ich weiß, dass das eine Lüge ist.

Zu meiner Zeit war es verboten, sich nur unter Menschen zu mischen. Definitiv verboten, sich mit ihnen zu paaren. Aber wie es scheint, ändern sich die Dinge. Der Sohn meines Alphas hat einen Menschen als Gefährtin genommen und mehrere seiner Rudelmitglieder sind seinem Beispiel gefolgt.

Aber ich verstehe noch immer nicht, wie das funktionieren soll. Ein Wolf würde doch nicht den Instinkt verspüren, einen Menschen als Gefährtin zu markieren. Das ist biologisch falsch. Ihr Nachwuchs wird vielleicht nicht einmal in der Lage sein, sich zu verwandeln. Warum sollte ein Tier eine dauerhafte Gefährtin wählen, die so eindeutig minderwertig ist?

Ihre kleinen, aber geschickten Finger streicheln über meine verspannte Halsmuskulatur und ein leises Rumpeln dringt aus meiner Brust, bevor ich es zurückhalten kann. Fast wie ein Schnurren, als wäre ich ein gottverdammter Katzengestaltwandler.

Sie berührt mich zwischen den Brauen und ich verfalle

sofort in einen meditativen Zustand. Meine Gedanken verstummen. Werden ruhig.

Ich will darüber nachdenken, wie das überhaupt möglich ist, aber Gedanken scheinen unwichtig zu sein. Der langsame Rhythmus der Musik pulsiert durch meinen Körper und mein Herzschlag passt sich dem an. Ich fühle mich kribblig. Lebendig. Verbunden.

Es ist kein mir vertrautes Gefühl und dennoch fühlt es sich an, als käme ich nach Hause. Ich kenne diesen Ort.

Ich weiß nicht, wie lange das andauert. Es gibt keine Zeit. Fünf Minuten? Eine Stunde?

Aus weiter Ferne dringt Sunnys Stimme mit dem sanften Vorschlag an meine Ohren, dass ich mich auf die Seite rollen soll.

Mich in eine sitzende Position stemmen soll.

Mein Körper gehorcht, ohne dass sich mein Verstand Gedanken hingibt.

Ich öffne meine Augen blinzelnd und finde mich auf meiner Matte sitzend wieder, Sunnys exotischer Gestalt zugewandt. Ich bin verzaubert von der Reihe an Schmetterlingen, die um ihren Oberarm tätowiert ist.

Sie sagt irgendwelche schwachsinnigen Abschlussworte und leitet den Kurs durch ein weiteres Om und die ganze Zeit sitze ich einfach nur da und beobachte sie. Versuche, dahinter zu kommen, was an diesem Menschen für mich so verdammt faszinierend ist.

So faszinierend, dass sie gefährlich ist. Sie wird mich von meiner Mission ablenken – das ist etwas, dass ich einfach nicht erlauben kann. Ich beschließe, meinen Hintern von der Matratze zu wuchten und von hier zu verschwinden, doch Sunnys musikalische Stimme wird zu einer weiteren Einladung.

„Danke, dass ihr heute Abend alle gekommen seid. La Cantina hat Essens- und Getränkeangebote für euch alle. Wenn ihr also noch hierbleiben und euch unterhalten möchtet, würde ich mich freuen, wenn ihr bleibt. Namaste.“

Oh, fuck nein.

Natürlich wird der Schönling hierbleiben. Deswegen steht er so auf das Hausdach-Yoga. Er kann Sunny in ihrer Yogahose beobachten *und* bleiben, um mit ihr zu trinken. Das ist wie ein verdammtes Date für ihn.

Und tatsächlich stellt der Typ ein breites Lächeln zur Schau, während er seine aufgerollte Matte unter seinen Arm klemmt und sich neben sie stellt.

Ich überspringe den Teil mit dem Matten-Aufrollen und zerknülle sie einfach in meiner Faust, während ich zu ihr marschiere.

Sunny richtet ihre Aufmerksamkeit auf mich, aber mit Missbilligung. „Danke, Titus“, sagt sie trocken und nimmt mir die Matte aus meiner geballten Faust.

Ich knurre eine leise Warnung in die Richtung des Schönlings.

Er reagiert, indem er sich näher zu Sunny stellt. „Bereit für einen Drink?“

Zu meiner Befriedigung rückt sie von ihm ab. „Ich komme gleich.“ Sie richtet ihr strahlendes Gesicht in meine Richtung. „Titus, schließt du dich uns an?“

Der Schönling sackt in sich zusammen.

Mein Wolf liebt es. Und meine Pläne, zu gehen, lösen

sich in Luft auf. „Yeah. Okay.“ Meine Stimme klingt rostig. Ich räuspere mich. „Klingt gut.“

Sie zieht ihre Haare aus dem Pferdeschwanz, der hoch oben auf einer Seite ihres Kopfes war, und lässt ihre langen, blonden Haare über ihre Schultern fallen. „Dann gehen wir.“

KAPITEL 2

unny

Ich weiß nicht, was von mir Besitz ergriffen hat, dass ich Titus zu Cocktails eingeladen habe. Das ist nicht seine Gruppe. Definitiv nicht seine Szene. Aber ich schätze, ich bin noch nicht gewillt, mich von ihm zu verabschieden. Nicht, wenn seine Nähe meinen ganzen Körper aufleuchten lässt wie einen Weihnachtsstab. Ich meine Baum.

Ich nehme seine Hand und führe ihn in das Restaurant. Ich weiß nicht, warum ich seine Hand genommen habe – vielleicht um Chas eine Botschaft zu schicken, dessen Aufmerksamkeit viel zu nervig wird. Vielleicht will ich damit auch Titus eine Botschaft schicken, dass ich noch immer Interesse habe.

Wie auch immer, es ist eine viel zu intime Geste. Die

Luft zwischen uns ist geladen. Er atmet erstickt ein. Meine Nippel werden hart.

Chas schaut zurück und erfasst die Situation, wobei sein Gesichtsausdruck fällt.

Titus knurrt wie ein wildes Biest.

Es ist Tierreich verrückt und höllisch heiß.

Ich schiebe mich auf die riesige kreisrunde Bank, auf der bereits Adele, Charlie, Sadie, Chas und einige andere Yogis versammelt sind und zur Seite rücken, um Platz für Titus zu machen.

Er runzelt die Stirn, als wüsste er nicht, wie er hier gelandet ist. Oder warum er mir überhaupt gefolgt ist.

Das scheint jedoch immer seine Reaktion auf mich zu sein. Als könne er mich nicht ausstehen, aber fühle sich gleichzeitig zu stark zu mir hingezogen, um gehen zu können. Ich glaube, er könnte auch wütend darüber sein, wie ich damals gegangen bin. Ich spüre definitiv Vorhaltungen. Zusammen mit einem ganzen Sixpack der Verurteilung.

Doch daran bin ich gewöhnt. Ich bin schon mein ganzes Leben zu viel für Männer – für die meisten Leute.

Das mag ich so sehr an Taos. Verrückt ist hier die Norm. Ich passe wunderbar dazu.

„Der Kurs heute war spitze, Sunny.“ Sadie, die kleine Vorschullehrerin, strahlt mich an.

„Yeah, es war spitze“, echot Charlie. „Gegen Ende war mir ein bisschen schwindlig, aber das liegt daran, dass ich gerade nur Flüssignahrung zu mir nehme.“ Die Kellnerin bringt für uns alle Wasser und stellt ein hohes Glas vor Charlie. Die Postmeisterin muss an der Bar bestellt haben, sowie sie hierherkam.

„Du trinkst Bier?“ Adele zieht eine Braue hoch. Charlie leert ihr Glas und leckt sich über die Lippen. Sadies Augen weiten sich.

„Nein, das ist Cider.“ Charlie stellt das Glas mit einem dumpfen Knall ab. „Komm mir nicht mit diesem Blick. Es ist im Grunde genommen Obst.“

Adele schüttelt den Kopf, wobei sie so selbstsicher und zurechtgemacht wie immer aussieht. Sogar nach dem Kurs sind ihre glänzenden, braunen Locken perfekt frisiert. Sie wendet sich an Titus. „Hi, ich bin Adele, ich glaube nicht, dass wir uns schon mal begegnet sind.“ Meine Freundin beugt ich über den Tisch und reicht Titus ihre Hand.

Er schnellt in die Höhe, als wolle er aufstehen, stößt gegen den Tisch und bringt den Krug mit Eiswasser zum Wackeln, den unsere Kellnerin zurückließ.

Normalerweise werde ich nicht eifersüchtig oder unsicher, aber ein unangenehmes Ziehen erfasst meinen Solarplexus. Meine Freundinnen sind so viel jünger und niedlicher als ich. Sadie ist in Foxfires Alter und hier bin ich mit grauen Strähnen in meinen blonden Haaren, wodurch sie heller aussehen, als sie eigentlich sind.

„Das ist Titus, der Vater meines Schwiegersohns“, erkläre ich, als alle anfangen, ihm ihre Namen und Hand zu geben.

„Bist du hier oben, um Sunny zu besuchen?“, erkundigt sich Sadie, deren Grübchen sie noch jünger wirken lassen. Sie ist die Lieblingslehrerin der Stadt und es ist leicht, zu sehen warum. Liebenswürdig und hübsch und scheinbar unschuldig ist sie beinahe zu perfekt. Alle Eltern versuchen, ihr Vorschulkind in ihrem Klassenzimmer unterzubringen. Ich hörte, dass die Direktorin eine strenge

„keine Wünsche Regel“ einführte, nachdem Eltern dazu übergingen, vor ihrem Büro ihre Zelte aufzuschlagen in dem Versuch, sie umzustimmen.

Titus rutscht peinlich berührt auf seinem Platz hin und her. „Tatsächlich wusste ich nicht, dass sie hier oben ist. Wir sind uns heute an der Brücke bei der Schlucht über den Weg gelaufen.“

Sadie verstärkt ihr Lächeln um ein Watt. „Du Glückspilz“, haucht sie.

Ich schnaube beinahe. Ich bezweifle, dass Titus der gleichen Meinung ist.

Unsere Kellnerin kommt und ich bestelle mir eine Margarita und Nachos. Titus bestellt Enchiladas und einen Burrito trotz der Warnung der Kellnerin, dass der Burrito riesig ist.

„Oh, ich bin mir sicher, er wird alles schaffen“, werfe ich ein, weil mir einfällt, wie viel der Mann isst. Ich schätze, wenn man so groß ist, arbeitet der Metabolismus wie verrückt.

Charlie prostet ihm mit ihrem Cider zu. „Titus, hast du vorher schon mal Yoga gemacht?“ Von all meinen Freundinnen ist sie die Jungenhafteste mit einem Pixie-Cut und einer kurvigen Statur, die unter einem *Namaste, Motherfucka* T-Shirt versteckt ist. Sie hat den Kragen abgerissen, weshalb man einen kurzen Blick auf ihr beeindruckendes Dekolleté erhaschen kann, als sie sich nach vorne beugt.

Dieser Anflug von Eifersucht steigt wieder in mir auf.

„Das erste und letzte Mal“, brummt er.

Alle lachen und Titus schaut auf mich hinab. „Ist nicht böse gemeint, Sonnenschein.“

Ich denke, wir sind beide überrascht von dem Kosewort, das so natürlich von seiner Zunge rollte.

Obwohl es kein so großer Sprung ist. Mein Name ist immerhin Sunny. Es ist kein neuer Spitzname für mich. Aber irgendwie ist es anders, wenn er von seinen Lippen kommt.

Er scheint sich in seiner Haut nicht wohl zu fühlen, als wünsche er sich, dass alle aufhören würden, mit ihm zu reden, weshalb ich das Thema wechsle. „Charlie, wie läuft das Postgeschäft?"

Sie zuckt mit den Achseln. „Alles beim Alten. Jemand hat sich Grillen an sein Postfach liefern lassen und sie haben den ganzen verflixten Tag lang gezirpt. Hat uns alle wahnsinnig gemacht."

„Oh, Grillen. Ich sollte welche besorgen, um sie meinen Schülern zu zeigen. Sie würden sie lieben." Sadie neigt den Kopf auf die Seite und sieht niedlich aus, während sie nachdenkt.

„Na, das wird Scott bestimmt lieben", stichelt Charlie.

Sadies Blick sinkt auf den Tisch.

„Sadie?" Adele merkt es sofort. „Bist du okay? Ist etwas mit Scott passiert?"

„Wir haben beschlossen, uns mit anderen Leuten zu treffen", sagt Sadie leise.

„Oh nein", knurrt Charlie. „Dieser Blödian. Hat er dich betrogen?"

„Das hat sie nicht gesagt", protestiert Adele, doch Schmerz huscht über Sadies Gesicht. „Oh nein, das hat er nicht." Adele wechselt in den Mama-Bär-Modus. „Ich werde ihn fertigmachen."

„Es ist okay", wispert Sadie und Charlie legt einen Arm um sie.

„Verdammt richtig, es wird okay sein, nachdem wir ihm den Kopf abgerissen haben. Männer sind Schweine.“ Sie dreht sich zu Titus. „Anwesende ausgenommen natürlich.“ Ich bemerke, dass sie Chas nicht ansieht.

„Date niemals in dieser Stadt“, rät Adele Titus, der aussieht, als wolle er über alle Berge fliehen. „Sie ist ein Fischglas.“

„Trink das.“ Charlie schiebt ihren Cider zu Sadie, die ich noch nie etwas Stärkeres als Cola habe trinken sehen. „Damit bekommst du Haare auf der Brust.“

„Ich will keine Haare auf meiner Brust“, quiekt Sadie, aber sie trinkt.

„Ich habe mir dich nie mit ihm vorstellen können. Er war so“, Adele verzieht das Gesicht, „fake. Das Gegenteil von dir, Schätzchen.“

„Gegenteile beziehen sich aufeinander“, werfe ich ein. „Uups, ich meine, erziehen einander. Nein, *ziehen sich an*.“ Ich tippe auf meine Lippen, um mich für den Wortsalat zu entschuldigen. Ich vermassle ständig derlei Ausdrücke. Das ist eine meiner speziellen Gaben.

„Du hast so recht. Mein Ex ist so komisch. Absolut ungehobelt, kein Taktgefühl. Das komplette Gegenteil von mir“, verkündet Charlie. „Wie auch immer Sadie, ich weiß, was du brauchst. Einen One-Night-Fick!“

Sadie verschluckt sich an dem Cider.

Titus zwickt sich in den Nasenrücken. Er hat nicht erwartet, mitten in ein Frauengespräch zu geraten.

„Kopfschmerzen?“, murmle ich.

„Yeah.“

Ich betrachte seine Aura mit meinem inneren Auge und sehe die riesige graue Wolke, die über seinem Kopf hängt.

„Erlaubnis, deine Energie zu reinigen?“

„Wie bitte?“

Ich hasse diesen Teil. Ich besitze Gaben, aber man kann nicht einfach ohne Erlaubnis an den Energien von Leuten herumpfuschen, und um die Erlaubnis zu erhalten, muss ich etwas erklären, das sie wahrscheinlich nicht verstehen oder glauben werden.

„Sag einfach Ja.“

Seine grauen Augen blicken nachdenklich drein, aber er nickt. „Okay.“

Ich stelle mir ein großes Vakuum über seinem Kopf vor und sauge die graue Wolke weg, womit ich fortfahre, bis jede Spur davon verschwunden ist. Dann durchtränke ich seine Aura mit einem sanften rosa-lila Licht. „So. Besser?“

Er runzelt die Stirn und berührt seine Schläfe. „Äh, yeah. Tatsächlich. Es ist fort.“

„Gut.“ Ich widme mich wieder dem Tischgespräch und schließe mich diesem an, wobei ich den prüfenden Blick von Titus ignoriere, den ich fühlen kann, und meine Margarita schneller trinke, als ich sollte.

Ich kann nicht aufhören, darüber nachzudenken, was als Nächstes passieren wird. Wird er hierbleiben? Mich zum Bus begleiten? Oder mich zu seiner Bleibe einladen? Oder wird er Tschüss und auf Nimmerwiedersehen sagen? Meine Intuition bringt mir in dieser Situation auch nichts, was auf seiner Unentschlossenheit beruht, vermute ich. Als hätte er selbst noch keine Entscheidung getroffen.

Und ich kann auch nicht entscheiden, was ich will.

Das stimmt nicht, ich will mit Titus definitiv auf Tuchfühlung gehen.

Heute Nacht.

Aber ich werde zu flatterig, wenn er in der Nähe ist. Zu aufgeregt. Und ich hoffe auf ein bestimmtes Ergebnis, was immer schlecht ist. Dieses Ergebnis besteht nicht darin, dass er nach einem *rein, raus, danke kleine Maus* auf seiner Harley davonfährt.

Ich entschuldige mich, um aufs Klo zu gehen, und klettere über Titus, um von der Bank zu kommen.

Großer Fehler.

Ich verliere meinen Halt – oder zog er mich nach unten? Ich lande auf seinem Schoß und… *hallo, Großer*.

Definitiv glücklich, mich zu sehen. So groß wie in meiner Erinnerung.

„Beim Schicksal", flucht Titus, dessen Atem die Rückseite meines Ohrs trifft und dessen Knurren jeden Teil von mir erweckt, der in sexueller Hinsicht nicht schon hellwach war.

Er hat eine Hand auf meiner Hüfte und zieht mich fester an seinen Schoß, während er zur gleichen Zeit seine Hüften nach oben drängt, um mir seine Reaktion zu zeigen.

Doch dann hebt er mich genauso schnell wieder hoch. Nein, er wirft mich praktisch von sich.

Der Mann ist verflucht stark. Ich meine, wer kann eine Frau im Sitzen einfach so hochheben?

Ich werde so schnell auf den Boden außerhalb der Bank katapultiert, dass ich stolpere. Meine Pussy ist feucht von der Begegnung – so feucht, dass ich Angst habe, dass es durch meine Yogahose zu sehen sein wird. Ich steuere so schnell ich kann die Toilette an.

Als ich zurückkomme, finde ich an der Stelle, an der

Titus saß, Bargeld auf dem Tisch vor.

Obwohl ich wusste, dass es geschehen würde, bin ich nicht auf den Krater der Enttäuschung vorbereitet, der mich in einer einzigen Sekunde drei Stockwerke nach unten fallen lässt.

Titus

WAS MACHE ICH NUR?

Was zum Teufel mache ich nur?

Ich erwische mich dabei, wie ich Sunnys VW-Bus auf dem Parkplatz auf der anderen Straßenseite der Plaza umkreise. Ich hatte eigentlich vor, nach draußen zu marschieren, auf mein Motorrad zu steigen und davonzufahren.

Es war ein guter Plan.

Okay, vergiss das. Es war ein feiger Plan. Sunny war zur Toilette gegangen, ich hatte einen Ständer so groß wie das Sears Gebäude und konnte meinen Wolf nicht unter Kontrolle kriegen.

Also haute ich ab.

Aber jetzt kann ich mich nicht dazu überwinden, tatsächlich zu gehen. Was mich wirklich wütend macht.

Zum Teufel mit dieser irrsinnigen und hübschen Frau.

Der Gedanke, dass ich Sunnys Gefühle verletzt haben könnte, sollte hier kein so großer Faktor sein, aber das ist er.

Nun, sie ist die Mutter meiner Schwiegertochter. Sie ist

wie Familie. Ich möchte nicht anecken und Tank oder Foxfire verärgern.

Oder Sunny.

Yeah, es geht so was von um Sunny.

Da ist irgendetwas Magisches und Mystisches und fuck, ja – Verrücktes – an dieser Frau.

Und das stört meinen Wolf kein bisschen.

Also stehe ich wie ein Stalker hier draußen und versuche, zu entscheiden, ob ich bleiben oder gehen soll. Und ja, der The Clash Song *Should I stay or should I go* läuft in meinem Kopf ab. Damals in der Highschool stand ich auf Punk. Hatte einen Mohawk und alles.

Ich fange ihren Geruch auf und weiß, dass es zu spät ist.

Aus irgendeinem Grund macht mich das noch wütender. Ich wirble herum und parke meine Arme vor meiner Brust und meinen Hintern an ihrem VW-Bus, was das ganze Ding wegen meines Gewichts zum Ächzen bringt.

„Titus." Sie klingt überrascht.

Und sieht verletzt aus.

Fuck.

Ich weiß nicht einmal, was ich zu ihr sagen soll. Ich weiß nicht, was ich von ihr will. Von dem hier.

Also stehe ich einfach nur da und funkle sie finster an. Knurre.

Sie stoppt. „Du bist wütend. Warum bist du wütend?"

Meine Nasenflügel weiten sich bei ihrem Weihrauch und Orange Geruch und mein Schwanz wird steinhart. Mein Wolf ist jetzt bis aufs Äußerste angespannt. So sehr, dass ich nicht klar denken kann.

„Nicht wütend", knurre ich. Mein Ständer pocht in der

dünnen, kurzen Sporthose.

Sie legt den Kopf auf die Seite. Es ist eine tierähnliche Geste – ähnlich wie das Bild, das sie vorhin abgab, als sie mich um Erlaubnis bat, meine Kopfschmerzen zu vertreiben. Als würde sie auf Sinne zugreifen, die das normale menschliche Können übersteigen.

Ihre Augen weiten sich und dann sinkt ihr Blick auf meinen geschwollenen Schwanz. „Oh."

Grundgütiger.

Das reicht. Mein Wolf hat die Nase voll.

Bevor ich mich stoppen kann, schießt meine Hand nach vorne, um ihren Hals zu packen, und ich wirble sie herum, bis ihr Hintern gegen den Bus prallt. Ich presse sie flach dagegen und mein Mund drückt sich auf ihren.

Ihre Lippen teilen sich, sie saugt an meiner Zunge und erwidert den Kuss. Ihre Hände legen sich auf meine Schultern, aber sie stößt mich nicht von sich, sie zieht mich zu sich.

„Steig in diesen verdammten Bus", knurre ich, meine Menschlichkeit ist verschwunden. „Diese Pussy gehört heute Nacht mir."

Sie macht sich an der Tür zu schaffen, wobei sie so verzweifelt wirkt wie ich. Ich schlage ihr auf den Po.

Schlage ihn erneut, fest.

„Au, Titus." Gelächter schwingt in ihrer Stimme mit, was eine Erleichterung für mich ist, weil ich jetzt nicht in der Lage bin, meine sexuelle Aggression runterzuschalten. Ich muss zwischen die Beine dieser Frau gelangen, als wäre es meine heilige Mission.

„Das ist dafür, dass du mich so verdammt stark antörnst." Ich schlinge einen Arm um ihre Taille und ziehe ihren weichen Hintern gegen die Wölbung in meiner Shorts. Meine andere Hand umfängt ihren Venushügel an der Vorderseite. Ihre Pussy ist so feucht, dass ich die Feuchtigkeit durch ihre Yogahose spüren kann.

Ihre Knie knicken ein und die Schlüssel fallen auf den Asphalt.

„Titus!“ Ihre Stimme ist zittrig. „Ich kann mich nicht konzentrieren, wenn du das machst.“

Ich bücke mich, um die Schlüssel aufzuheben und öffne die Tür selbst. Und dann schiebe ich sie nach drinnen. Im hinteren Bereich befindet sich eine Matratze, die gleiche, an die ich mich noch erinnern kann. Ich schlage die Tür zu und drücke sie auf die Matratze.

Ich falle auf sie und reiße ihr Top über ihre Schultern, um einen Busen zu entblößen.

Mein Mund umschließt die steife Spitze, woraufhin ich sie in meinen Mund sauge und mit den Zähnen darüber kratze. Ich verpasse ihr einen Klaps und sie keucht.

Irgendetwas an Sunny treibt mich dazu, alle möglichen Arten von Dominanz zu demonstrieren, und sie ist nicht einmal eine Wölfin.

Zum Glück scheint sie nichts dagegen zu haben.

Ihr Geruch verrät mir, dass es sie antörnt.

Ihr Geruch.

Fuck, ihr Geruch.

Ich packe den Bund ihrer Yogahose und ziehe sie nach unten und von ihren Beinen. Kein Höschen. Verdammt! Ich muss von diesem Nektar kosten, den sie für mich produziert hat. Brauche ihn *jetzt* auf meiner Zunge.

Ich lecke in sie, ein langer langsamer Schleck. Das Stöhnen, das über meine Lippen kommt, ist halb animalisch. Ich dringe erneut in sie, um mehr zu kriegen, schlecke, lecke und zwirble. Ich will sie genauso sehr befriedigen, wie ich die Erleichterung brauche. Ich brenne darauf, sie kommen zu hören. Sie zum Gipfel zu bringen und zu befriedigen.

Ich packe ihre Schenkel und spreize sie weiter, während ich sie mit einer höheren Intensität meiner Zunge verwöhne und mich daran erfreue, wie sie sich windet und wackelt. Unterdessen füllen ihre Schreie und Stöhnen den Bus. Ich mache weiter, bis sie an meinen Haaren reißt und sich ihre Innenschenkel anstrengen, sich um meinen Kopf zu schließen. Dann penetriere ich sie mit zwei Fingern und finde ihren G-Punkt.

Halte ihr den Mund mit einer Hand zu, als sie kommt.

„Titus", keucht sie, als ich meine Hand wegnehme. „Oh meine Göttin. Was machst du nur mit mir?"

„Was *ich* mit *dir* mache?" Ich stemme mich auf meine Knie und schiebe meine Trainingsshorts nach unten, um meinen Schwanz zu befreien. „Weißt du, was du mir den ganzen Abend über angetan hast?"

Ihre Lippen zucken nach oben und mir wird bewusst, dass sie es wusste. Sie folterte mich absichtlich.

Ich schüttle den Kopf. „Ungezogener Me – Frau. Sehr ungezogen."

Ich drehe sie um und verpasse ihrem blassen Hintern einen Hieb. Der Laut erfüllt den Bus und hallt durch das Innere. Es ist ein zufriedenstellendes Krachen. Ich schlage sie noch mal, dieses Mal auf der anderen Seite. Mein Handabdruck erblüht rot auf der ersten Seite.

Wunderschön.

Sie wackelt mit dem Hintern, als würde sie um mehr

bitten.

Also tue ich ihr den Gefallen. Fünf feste Hiebe – genug, um dafür zur sorgen, dass sie keucht und sich windet.

Dann halte ich sie im Genick nach unten. „Willst du es von hinten, Hübsche?“

„Ja.“ Ihre Stimme ist heiser und süß und es liegt keine Spur von Zögern darin.

Und das ist der Moment, in dem ich es realisiere. Kein Kondom. Ich trage keines bei mir, weil ich nicht die Sorte Mann bin, der herumläuft und wahllos Frauen aufreißt. Außerdem kriegen Wölfe keine Geschlechtskrankheiten. Aber sie weiß das nicht.

„Sunny.“ Meine Stimme klingt erstickt. „Ich habe kein Kondom. Ich bin allerdings sauber, das schwöre ich. Vertraust du mir?“

Sie blickt über ihre Schulter zu mir. Als sie zögert, glaube ich ernsthaft, dass ich implodieren werde. Doch dann nickt sie. „Ich vertraue dir.“

Fuck sei Dank.

„Braves Mädchen“, lobe ich. Die Worte überraschen mich. Es ist keine Phrase, die ich zuvor benutzt habe. Meine vorherige Gefährtin rief dieses Maß an Dominanz oder den starken Beschützerinstinkt nicht in mir hervor.

Merkwürdig, denn sie war eine Wölfin und Sunny ist keine.

„Oberteil runter“, befehle ich. Und nachdem sie das Top über ihren Kopf gerissen hat, füge ich hinzu: „Spreiz diese Beine für mich, Baby. Dir steht jetzt ein harter Fick bevor.“

Sie gibt ein ersticktes Lachen von sich und spreizt ihre

Schenkel weiter. Ich habe noch nie in meinem Leben etwas so gottverdammt Hübsches gesehen. Am Ansatz ihrer Wirbelsäule hat sie noch mehr Schmetterling-Tattoos, die sich über ihre Hüften ausbreiten und dann in einer Diagonalen nach oben zu dem Schulter-Tattoo aufsteigen. Ich erinnere mich vom letzten Mal an die Tattoos, aber sie beeindrucken mich von neuem.

„So hübsch. Hast du irgendwelche neuen Tattoos, Baby?“

„Mmh, das wirst du schon selbst rauskriegen müssen“, murmelt sie an dem Betttuch.

Herausforderung. Angenommen.

Ich schiebe ihre Schenkel noch weiter auseinander und knie mich zwischen sie, dann reibe ich mit meiner Schwanzspitze über ihren Eingang. Es tropft noch immer Honig aus ihr, süß und seidig. Ich gleite in sie.

„Fuck, das ist so gut, Baby.“ Ich ziehe mich zurück, dann ramme ich mich hart in sie, woraufhin sie einen leisen Schrei von sich gibt.

„Oh, du hast doch wohl nicht gedacht, dass ich sanft mit dir sein werde, oder?“ Ich wiederhole die Bewegung und liebe es, wie meine Lenden gegen ihren Hintern klatschen, als wäre es ein weiteres Spanking.

Sie lacht. „Ich meine mich daran zu erinnern, dass du das letzte Mal das Bett kaputtgemacht hast.“

Verdammt. Sie hat recht. Sie stellt etwas Verrücktes mit mir an.

Ich packe eine ihrer Schultern, um sie an Ort und Stelle zu halten, dann vögle ich sie mit kraftvollen Stößen. Ich will tiefer, härter in sie gelangen.

Ich weiß, dass es zu viel ist. Ich bin mir sicher, dass ich

ihr wehtue – sie ist immerhin ein Mensch – aber ich scheine mich nicht stoppen zu können.

Ich kann nur versuchen, sie mit meinen Worten zu beruhigen. „Aber du nimmst es wie ein braves Mädchen hin, nicht wahr, Sonnenschein?"

Ich ficke sie so hart, dass der Bus auf seinen Rädern hüpft. Alles darin scheppert und zittert.

Sunny entweicht der Atem nur noch als Keuchen, das ich mit jedem Stoß aus ihr presse.

Sie stößt mit dem Kopf gegen die Tür und ich verändere unsere Position, indem ich ihre Hüften so ziehe, dass sie auf den Knien ist. Ich halte sie um die Taille fest und ramme mich weiterhin hart in sie.

„Gefällt dir dieser Winkel, Baby? Wenn ich so tief in dich dringe?"

„Ja", keucht sie. „Fuck, ja."

Ihr Enthusiasmus ist zu viel für mich.

„Ich habe während des gesamten Yogas an das hier gedacht", gestehe ich. „Während des gesamten Essens."

„Ich auch!" Sie ist atemlos, ihr Gesicht auf der Matratze auf eine Seite gedreht und ihre Haare ein wilder Heiligenschein um sie.

„Yeah? Hast du mich deswegen so sehr gereizt?" Ich schlage ihr auf die Flanke. „Dich auf meinen Schoß gesetzt und mich hart gemacht?"

„Du hast mich auf deinen Schoß *gezogen*!", protestiert sie.

Vielleicht tat ich das. Sie hat vermutlich recht. Ich hatte es nicht vor, aber dann kletterte sie über mich und ihr weicher Körper war direkt über meinem Schoß. Was sollte ich da tun?

„Du brauchtest diesen Fick“, beschuldige ich sie, obwohl ich derjenige bin, der ihn brauchte.

„Ja“, stimmt sie zu. „Definitiv.“

Und das ist der Moment, in dem zusammenhängende Worte unmöglich werden. Mir ist zu schwindlig vor Lust, ich bin zu high von ihrem enthusiastischen Empfang.

Ich hämmere und hämmere mich in sie, bis mein Sichtfeld gleißend weiß wird und ich so laut brülle, dass der Bus erzittert.

Und dann komme ich.

Ich fülle sie mit meinem Sperma, durchtränke die Laken. Und erst als sich meine Sicht klärt und ich wieder atmen kann, realisiere ich, dass sie ebenfalls kommt. Ihre Pussy drückt auch den letzten Tropfen mit einem schnellen Pulsieren aus mir.

Ich senke uns auf die Matratze und lege einen Arm um ihre Taille, sodass ihr Hintern an meinen Schoß gedrückt wird und mein Schwanz in ihr bleibt. Unsere Oberkörper bewegen sich gemeinsam, während wir um Atem ringen.

Mein Wolf will alle möglichen Ansprüche und Forderungen stellen. *Werde diesen Schönling los. Wehe du fasst noch mal andere Männer beim Yoga an. Diese Pussy gehört mir.*

Aber ausnahmsweise bin ich mal so klug, mich zu stoppen. Ich habe kein Anrecht auf Sunny und ich hege auch nicht die Absicht, sie für mich zu beanspruchen.

Sie kann – und wird – tun, was auch immer zur Hölle sie will, einschließlich mir eine Nachricht zuzustecken und in dem Moment wegzufahren, in dem ich einschlafe.

Ich weiß bereits, wie diese Sache zwischen uns abläuft.

Also gehe ich dieses Mal.

Ich küsse ihren Hals. „Dankeschön, Sunny“, murmle ich. Ich ziehe mich aus ihr und stemme mich nach oben.

Sie dreht sich um. „Das ist alles?“ Es liegt eine Anschuldigung in ihrem Tonfall, auch wenn ich nicht weiß, was sie von mir will. Sie ist nicht gerade der Typ, der sich nieder- und auf eine Beziehung einlässt. Ich bin nicht in der Lage, mir eine Antwort zu überlegen, denn als ich aufstehe, erhalte ich einen Blick auf ihren nackten Körper, woraufhin meiner erstarrt. Ich kann nur starren. Ihre Herrlichkeit in mir aufsaugen.

Sie blinzelt mich mit diesen blauen Augen an und beobachtet mich ruhig. „Werde ich dich wieder sehen?“

Ich räuspere mich. Bemühe mich, meine Lippen in Bewegung zu setzen. „Äh, ich weiß es nicht.“ Ich reibe mir über den Nacken.

Sie lässt ihr Gesicht in die Decken fallen. „Richtig.“

Ich weiß nicht, warum es ihr zusteht, sich aufzuregen. Dennoch trifft mich ein Anflug von Schuldgefühlen mitten in der Brust. Ich bin gerade einfach in ihren Bus eingedrungen und habe sie gevögelt, dass ihr Hören und Sehen vergangen ist.

„Nun, ich würde dich gerne wieder sehen, Titus.“

„Yeah. Yeah, okay. Aber ich muss jetzt gehen. Ich werde dich finden.“ Ich weiche rückwärts aus dem Bus und schließe die Tür.

Ich ließ mein Motorrad am gegenüberliegenden Ende der Plaza zurück, weshalb ich über den mittlerweile leeren Marktplatz den Weg zurücklaufe, den ich kam. Ich bin fast auf der anderen Seite, als ich das Kreischen von Metall auf Metall höre und meine ganze Welt auf den Kopf gestellt wird.

KAPITEL 3

itus

Ich verwandle mich beinahe direkt dort auf der Straße.

Irgendwie weiß ich, dass Sunny bei dem Unfall involviert ist. Ich sprinte in Höchstgeschwindigkeit zu der Kreuzung, gerade als ein zerbeulter silberner Volvo davon und in eine Nebenstraße rast.

Und dort, mitten auf der Kreuzung, ist Sunnys Bus, auf einer Seite eingedrückt, als wäre ihr jemand in die Seite gefahren und sie zum Gehweg umgedreht worden.

„Sunny!", brülle ich, springe über die Mauer, die mich von der Straße trennt, und reiße die Tür fast aus den Angeln.

Es gibt keinen Airbag, nichts Weiches, auf das ihr zartes Menschengesicht fallen kann. Sunnys Stirn ruht auf dem Lenkrad und der Geruch von Blut sorgt dafür, dass mein Sichtfeld kuppelförmig wird. Ich bin bereit, mich zu verwandeln, um sie zu beschützen, aber es ist niemand mehr hier, gegen den ich kämpfen könnte. Das Arschloch ist weggefahren, nachdem es in meinen reizenden Menschen gekracht ist.

„Sunny. Fuck, Sunny." Ich will den Bus auseinanderreißen, um Platz für ihren zusammengesackten Körper zu machen. Ich atme tief ein, um mich zu beruhigen.

Meine Fresse, sie ist nur ein Mensch. Ein zarter, zerbrechlicher Mensch.

Und noch dazu so ein schlanker, fragiler.

Ich habe das verursacht. Ich ließ sie schlaff und benommen zurück. Sie war nicht in der Verfassung zum Fahren – obgleich dieser Unfall eindeutig nicht ihre Schuld war. Dennoch hätte sie vielleicht besser auf ihre Umgebung geachtet, wenn sie nicht gerade besinnungslos gevögelt worden wäre.

Zu meiner Erleichterung ächzt Sunny und hebt den Kopf.

„*Sunny*. Beweg dich nicht, Baby. Ich rufe einen Krankenwagen."

„Nein, nein." Sie versucht, ihren Gurt zu lösen und atmet scharf ein. Ihr Arm hängt in einem komischen Winkel nach unten. Sie greift mit dem anderen Arm nach dem Gurt. „Mir geht's gut."

Lügnerin.

Sie gleitet aus dem Bus.

Bevor ihre Füße auf dem Boden auftreffen können, hebe ich sie direkt in meine Arme. „Dir geht es eindeutig nicht gut." Ihr Arm ist gebrochen, eine große Beule hat sich bereits auf ihrer Stirn gebildet und die Schnitte auf ihrem Hals und Schulter, die der Gurt hinterlassen hat, wecken den Wunsch in mir, laut zu heulen.

Sirenen erklingen in der Nähe. Ein Polizeiwagen fährt mit blinkenden Lichtern vor.

„Lass mich runter“, murmelt sie.

„Auf gar keinen Fall. Ich muss dich in ein Krankenhaus bringen.“

„Titus, mir geht’s *gut*. Lass mich runter.“

„Was ist passiert?“, verlangt einer der Cops zu wissen, während sein Partner einen Krankenwagen ruft.

„Ein silberner Volvo ist in ihre Seite gefahren“, erzähle ich ihnen. „Er fuhr davon und in diese Nebenstraße.“

„Konnten Sie sich die Nummer auf dem Kennzeichen merken?“

Ich schüttle den Kopf. Ich war so sehr darauf konzentriert, zu Sunny zu gelangen, dass ich sie mir nicht eingeprägt habe. „Es war ein Kennzeichen aus New Mexico. Ich glaube, es war ein J und eine 8 darauf, aber an den Rest erinnere ich mich nicht.“

„Waren Sie in dem Fahrzeug, als sich der Unfall ereignete?“

„Nein, ich hörte den Zusammenstoß von der Plaza aus und rannte her.“

Der Typ beäugt Sunnys Position in meinen Armen zweifelnd. „Man bewegt niemals ein Opfer. Man wartet immer auf den Rettungsdienst. Sie könnte einen gebrochenen Hals haben und sie zu bewegen, könnte dazu führen, dass sie paralysiert wird.“

Meine Fresse.

Der Magen sackt mir in die Schuhe.

„Ich habe keinen gebrochenen Hals“, beharrt Sunny,

aber sie hält den in Mitleidenschaft gezogenen Arm hoch. „Nur einen gebrochenen Arm. Und er stellt mich jetzt sofort ab. Nicht wahr, Titus?“

Nur weil sie außer Atem klingt und als hätte sie Schmerzen, gehorche ich. Fuck, vielleicht hat sie gebrochene Rippen und ich verletze sie noch mehr. Ich neige sie sachte auf ihre Füße und lasse einen kräftigen Arm um ihre Taille liegen, um sie zu stützen. Sie lehnt sich an mich und zittert wie eine Blume im Wind.

Der Krankenwagen kommt an und die Rettungssanitäter übernehmen. Sunny versucht, sich dagegen zu wehren, in den Krankenwagen verladen zu werden, aber ich übertöne ihre Proteste einfach. „Hören Sie nicht auf sie. Sie geht mit Ihnen, Ende der Geschichte.“

Anscheinend pflichten sie mir bei, denn sie legen sie auf eine Krankenliege und schieben sie hinten in den Krankenwagen. „Ich werde im Bus folgen, Baby. Alles wird gut werden.“

Sie blinzelt mich mit ihrem katzenähnlichen Blick an. Ich sehe keine Angst. Keine Furcht. Nur eine unheimliche Einschätzung.

Es sollte mich beruhigen, dass sie keine Angst hat, aber das tut es nicht. Die Frau ist so abgehoben, dass sie vielleicht nicht einmal realisiert, wie verletzt sie ist. Sie erkennt wahrscheinlich nicht einmal, wenn sie Hilfe braucht. Ich bin mir verdammt sicher, dass sie nicht darum bitten würde. Sie wirkt auf mich wie der Typ, der sein ganzes Leben lang auf sich selbst aufgepasst hat.

Verrückte, gefährliche Frau.

Ich gehe zu dem Bus, der den Verkehr blockiert, und stelle erleichtert fest, dass er noch läuft. Das verbogene

Metall schränkt die Bewegungen der Reifen oder des Motors nicht ein.

Das Herz schlägt mir noch immer in der Kehle, während ich dem Krankenwagen zum Holy Cross Krankenhaus folge und in den Wartebereich laufe, um meinen Sohn anzurufen.

„Hey, Dad." Tanks tiefes Rumpeln dringt durch den Lautsprecher. Noch ein Anflug von Schuldgefühlen durchläuft mich.

Ich fahre mir mit den Fingern durch meine Haare. „Hey, äh, ich rufe an, um dir etwas zu erzählen. Es gab einen Unfall."

„*Was?*" Ich höre ein Knirschen und ich weiß, dass mein Sohn sein Handy gerade zu fest gedrückt hat. Er hatte schon immer Probleme damit, seine Kraft zu regulieren.

„Es geht um Foxfires Mom. Sunnys Bus wurde von einem Auto gerammt. Sie haben sie ins Krankenhaus gebracht, um sie einmal komplett durchzuchecken."

„Sunny?" Ich höre die schockierte Ungläubigkeit in Tanks Stimme und dann erklingt Foxfires verängstigte am anderen Ende der Leitung.

„Was ist meiner Mom zugestoßen?"

„Sie war in einen Autounfall verwickelt, aber sie lief davon. Ich meine, sie war auf den Beinen, bevor sie sie in den Krankenwagen verfrachtet haben. Ihr Arm ist allerdings definitiv gebrochen."

„Oh meine Göttin. Bist du bei ihr in Taos?"

„Ja. Mach dir keine Sorgen, Foxfire. Ich werde mich um sie kümmern." Die Worte verlassen meinen Mund, bevor ich sie stoppen kann, aber ich weiß, dass sie stimmen. So sehr es mich auch umbringt, die Mission meines Alphas ist auf meiner Prioritätenliste gerade auf den zweiten Platz gerutscht.

Sunny ist verletzt und ich bin zum Teil verantwortlich dafür. Selbst wenn ich es nicht wäre, würde ich sie auf keinen Fall allein lassen. Sie ist so zerbrechlich wie Glas und hat nicht einmal den Vorteil der Jugend auf ihrer Seite, damit sie sich schneller von diesem Unfall erholen kann. Sie wird vielleicht Tage – sogar Wochen – das Bett hüten müssen.

Und sie ist hier oben ganz allein. Kein Rudel – Familie – wie auch immer Menschen es nennen. Wer weiß schon, wie verlässlich ihre Freunde sind?

„Danke, Titus. Ich bin froh, dass du dort warst." Foxfires Stimme klingt zittrig. Nach einer Pause sagt sie: „Warum bist du dort?"

„Ich bin in Rudelangelegenheiten unterwegs." Ich massiere mir die Stirn.

Oder zumindest sollte ich das hier tun.

Warum sind Menschen so verdammt zerbrechlich?

„Muss ich dort hoch kommen? Wann fährst du ab? Wie schlimm ist sie verletzt?"

„Okay, mach mal langsam, Regenbogen", sage ich, womit ich mich auf die Farbe – oder eher, Farben – ihrer Haare beziehe. „Ich habe noch keine Antworten für dich. Ich werde dir Bescheid geben, wenn sie von den Ärzten untersucht wurde."

Foxfire seufzt. „Okay. Okay, danke. Wirklich. Ich weiß es zu schätzen, dass du dort bist, Titus. Ich weiß, dass du dich gut um meine Mom kümmern wirst."

Etwas Unangenehmes verschiebt sich in meiner Brust.

Jetzt habe ich zwei Frauen, die sich auf mich verlassen. Kein guter Zustand für mich.

Ich brumme eine Zustimmung und verspreche, sie zurückzurufen, wenn ich mehr weiß. Dann beziehe ich in dem Gang des kleinen Krankenhauses Position, wo ich auf und ab tigere.

~

Sunny

Ich bin in einem Zimmer eingesperrt mit einem riesigen Wolf-Mann und keiner Hoffnung auf Flucht.

Im Ernst, es ist so schlimm.

Titus bestand darauf, mich zu dem kleinen Cottage zu bringen, dass er über AirBnB gemietet hat. Mein Auto ist davor geparkt, aber mir wurde nicht erlaubt, mir den Schaden anzuschauen. Es war zu dunkel, als wir letzte Nacht hier ankamen, und Titus lässt mich heute einfach nicht aus dem Bett.

Er steht jetzt in der Tür zum Schlafzimmer und gibt sein Bestes, mich durch Einschüchterung dazu zu bringen, wieder unter die Decke zu schlüpfen.

Unglücklicherweise finde ich seine Form der Einschüchterung gefährlich attraktiv.

„Der Arzt hat gesagt, dass es mir gut geht", beharre ich. Nur ein paar Schnitte und Blutergüsse. Ein steifer Hals von dem Schleudertrauma. Und der gebrochene Arm. Der noch immer pocht, obwohl er in einem Gips steckt.

„Das halte ich für Schwachsinn. Geh wieder ins Bett, bevor ich dich dorthin bringe.“

Trotz meiner Wehwehchen beschleunigt sich mein Puls bei der Drohung. Ich habe nichts gegen die Vorstellung, dass Titus mich etwas fester anpackt. Er mag ein grober Liebhaber sein, aber ich genoss jede Sekunde davon.

Doch der Schmerz darüber, wie schnell er sich gestern nach dem Sex aus dem Staub machte, ist noch zu frisch. Das Herz dieses Mannes ist noch immer als nicht verfügbar markiert.

Zu blöd, dass er so verdammt attraktiv ist. Frisch aus der Dusche läuft er mit nacktem Oberkörper herum, ohne sich einen Deut darum zu scheren, was der Anblick seines Waschbrettbauches mit mir anstellt. Ich schwöre, meine Hormone sind in meinen Fünfzigern stärker, als sie es jemals in den Jahren waren, als ich versuchte, eine Familie zu gründen. Die merkwürdige Ironie der Natur, schätze ich mal.

Ich habe mich seit Johnny, Foxfires Dad, nicht mehr so zu einem Mann hingezogen gefühlt, und selbst damals war ich nicht dermaßen dauergeil.

Aber sie haben eine ähnliche Energie. Die wilde, animalische Sorte von Mann. Johnnys Energie war verstohlener, er hatte einen wilden Geist, den er zu verbergen versuchte. Titus zeigt seine offen. Fährt eine Harley, trägt seine Lederjacke.

„Du musst das nicht tun, Titus.“ Mein Magen verdreht sich leicht, denn wenn ich ganz ehrlich mit mir bin, möchte ich nicht, dass er aufhört. Ich will nicht, dass er mich verlässt. Aber ich will auch nicht, dass er aus Schuldgefühlen oder einem Pflichtgefühl heraus hier ist, und ich weiß, dass dies der Grund für seine Anwesenheit ist.

Titus läuft nach vorne, bis seine Rippen meine Brüste berühren. Ich glaube, er hat erwartet, dass ich zurückweiche, aber als ich es nicht tue, greift er nach unten und schiebt seinen Unterarm unter meinen Hintern, womit er mich hochhebt, sodass ich rittlings auf seiner Taille sitze.

„Titus." Ich bin ganz atemlos. Mein Herz pocht so heftig, dass es gegen die Oberfläche, direkt an seiner nackten Haut klopft.

„Ich habe dir gesagt, dass du in diesem Bett bleiben sollst", grollt er. „Du wirst dortbleiben, selbst wenn ich dich an das Kopfbrett fesseln muss."

Heilige Mutter Gottes, das hat er nicht gesagt.

Er ist unendlich sanft, als er mich auf das Bett legt, und als er zurücktritt und mich begutachtet, sehe ich echte Sorge auf seinem Gesicht.

Ich erfreue mich an der Wärme, die meine Brust nur einen Augenblick durchflutet. „Danke, Titus." Ich packe seine Hand und drücke sie. „Das ist wirklich lieb von dir."

Er streicht mir die Haare aus meiner von Blutergüssen überzogenen Stirn und starrt die Beule finster an. „Das hast du falsch verstanden. Ich bin nicht lieb. Ich tue nur, was jeder tun würde."

Oh.

Richtig.

Und einfach so verfliegt die Wärme wieder. Das muss sich auf meinem Gesicht abzeichnen, denn er tritt einen Schritt zurück und schiebt seine Hand durch seine graumelierten Haare.

Er öffnet den Mund, dann schließt er ihn wieder. „Hast

du Hunger? Ich kann auf der anderen Straßenseite ein paar Donuts oder so etwas holen.“ Er deutet zur Hauptgeschäftsstraße.

„Ich lebe glutenfrei“, informiere ich ihn, obwohl ich weiß, dass er die Augen verdrehen wird.

Er tut es.

„Dafür gibt es eine einfache Lösung“, stichle ich. „Du kannst mich gehen lassen. Ich habe Essen in meinem Wohnmobil und ich werde allein prima zurechtkommen.“

„Nein, nein. Du gehst nirgendwohin. Und hör auf, das hier so verdammt schwer zu machen.“ Er fixiert mich mit einem strengen Blick, wegen dem sich meine Pussy zusammenzieht. „Ich habe etwas in Taos zu erledigen, aber ich kann das nicht tun, wenn ich mir Sorgen darüber mache, dass du in deinen Bus springen und in der Sekunde wegrennen wirst, in der ich einen Fuß vor die Tür setze.“

Ich blinzle ihn an.

Er beugt sich über mich und platziert eine riesige Faust links und rechts von mir auf der Matratze. „Es wird also folgendermaßen ablaufen. Du wirst mir erzählen, was du zum Frühstück willst, und ich werde es besorgen. Dann wirst du es dir auf diesem Bett oder dem Sofa dort draußen bequem machen und dich ausruhen, während ich mich um meine Aufgabe kümmere. Und wenn ich zurückkomme, wirst du genau dort sein, wo ich dich zurückließ. Oder es wird Konsequenzen nach sich ziehen. Verstanden?“

Ein Lachen entwischt meinen Lippen. Ich weiß nicht, warum ich diese herrische Seite an ihm liebe, aber das tue ich. „Wir werden sehen.“

Er knurrt. Es ist ein echtes tierisches Knurren. Ein Wolfknurren.

Ich werde fürchterlich feucht und meine Muskeln erschlaffen, als würde sich ihm mein Körper einfach unterwerfen.

Seine Nasenflügel blähen sich und ein schockierter Schauder rollt über sein Gesicht, kurz bevor sich seine Augen von Grau zu einem klareren Hellblau verändern.

Ich werde in Nullkommanichts von meiner auf dem Bett aufgestützten Position flach auf den Rücken gelegt, wobei sich Titus rittlings auf meine Taille setzt und mein gutes Handgelenk neben meinem Kopf fixiert. „Du magst Ärger, nicht wahr, Lady?“

Ich drücke mit dem vergipsten Arm gegen seine Brust. „Nenn mich nicht *Lady*.“

Er beugt sich nach unten und knabbert an meinem Hals, wodurch sein Bart die Seite meines Gesichtes kitzelt. „Das magst du nicht, hm?“

„Nein.“ Sämtlicher Schmerz in meinem Kopf und Arm ist vergessen, als ich mein Becken unter ihm kreisen lasse.

„Was magst du, Sonnenschein?“ Seine Stimme ist rau. Er bewegt sich nach unten und beißt mir in die Schulter. Sein Schwanz lässt sich zwischen meinen Beinen nieder, genau dort, wo ich ihn brauche, und ich hebe meine Hüften, um über ihn zu reiben.

„I-ich weiß es nicht. *Sonnenschein* ist nett.“

„Okay, verrat mir, was es sein darf, Sonnenschein. Brauchst du die Androhung einer Strafe oder das Versprechen einer Belohnung? Was wird dich hier festhalten?“

Bei diesen Worten schmelze ich mehr oder minder zu einer Pfütze dahin.

Ich lecke mir über die Lippen. „Ähm… beides?“

Er nickt und hebt seinen Oberkörper. Er öffnet seinen Gürtel und zieht ihn langsam aus den Schlaufen.

Ein Kribbeln läuft über meine Haut. Ich vergesse, zu atmen.

Er fängt meinen guten Arm ein, schlingt das Leder um das Handgelenk und zieht es straff. Ich bin plötzlich seine Gefangene, als er es an das Kopfbrett bindet. „Du wirst hierbleiben, während ich Frühstück hole. Und jetzt, was willst du?“

Ich schmolle. „Ich will mit dir gehen.“

„Nein. Du brauchst Ruhe. Sag es mir.“

Ich betrachte ihn einen Augenblick. Denke darüber nach, wo an der Hauptstraße wir uns befinden und was in der Nähe ist. „Huevos Rancheros. Grünes Chili, Maistortillas. Die kriegst du in dem Diner dort auf der anderen Seite der Hauptstraße.“

Er nickt scheinbar zufrieden und ganz geschäftig. „Ich bin bald wieder zurück. Rühr dich nicht vom Fleck.“

Ich zerre an meinem gefesselten Handgelenk. Ich bin mir sicher, wenn ich es wollte, könnte ich mich befreien, aber es wird etwas Arbeit erfordern und den Einsatz der Finger an meinem gebrochenen Arm, den ich nicht unbedingt durchschütteln möchte.

„Sei ein braves Mädchen und ich werde mir eine Belohnung überlegen.“ Sein Blick sinkt auf meine aufgerichteten Nippel und ich winde mich.

„Es sollte besser eine gute sein“, entgegne ich und er lässt ein gequältes Lachen verlauten.

„Wir werden sehen.“ Er strahlt wieder diese wütende Schwingung aus, was, wie ich glaube, bedeutet, dass er sexuell frustriert ist. Tatsächlich denke ich, dass es komplizierter als das ist. Er will mich, aber will mich nicht wollen.

Ich kenne das Gefühl, Kumpel.

Er bedenkt mich mit einem weiteren finsteren Blick, den er über die Länge meines Körpers gleiten lässt, und verlagert seinen Schwanz in seiner Hose, ehe er nach draußen marschiert und ich die Eingangstür ins Schloss fallen höre.

Titus

Ich löse eines der Kabel von Sunnys Lichtmaschine nur für den Fall, dass sie wirklich wegfahren will. Ich denke nicht, dass sie es tun wird, aber die Frau ist ziemlich stur und unabhängig.

Und es wäre nicht das erste Mal, dass sie mir wegläuft.

Ich massiere mir die Stirn, als der reizbarere Teil von mir murrt, dass ich sie gehen lassen sollte, wenn sie gehen will. Ich bin ohnehin nicht darauf aus, mich auf sie einzulassen. Aber ich kann sie unter keinen Umständen in diesem Zustand auf sich allein gestellt lassen.

Einige Tage, bis sie keine Schmerzen mehr hat und ich ihren Bus reparieren kann. Dann können wir getrennter Wege gehen, bevor es zwischen uns wieder intensiv wird.

Das ist das einzig Anständige, das ich tun kann.

Ich laufe zu dem Diner und bestelle drei Portionen Huevos Rancheros (zwei für mich, weil ich den Appetit eines Wolfs habe) und ich kaufe auch ein paar riesige Gebäckteilchen mit Füllung.

Mein Wolf ist auf dem Rückweg ganz aufgekratzt, als würde ihn die Vorstellung fröhlich stimmen, für eine Frau zu sorgen.

Sie ist nicht unsere Frau. Definitiv nicht unsere Gefährtin, erkläre ich ihm, aber ihm ist das scheißegal. Tatsächlich war er heute Morgen bereit, sie zu markieren, in dem Moment, in dem ich den Geruch ihrer Erregung aufschnappte. Was keinen Sinn ergibt. Ich habe Barbara, Titus Juniors Mutter, nie markiert. Verspürte einfach nie den Drang dazu. Sie war nicht meine wahre Gefährtin.

Rückblickend betrachtet, weiß ich nicht einmal, warum ich sie zur Gefährtin nahm. Ich glaube, dass ich es tat, weil sie das von mir wollte.

Ich wurde in ihre Welt gesogen.

Oder vielleicht lag es auch daran, dass ich ein Kind wollte.

Ich wollte Titus Junior, auch wenn es beschissen war, ihn ohne eine Mutter oder Rudel aufzuziehen. Er ist das Einzige, das in meinem Leben jemals Sinn ergeben hat.

Das Schicksal weiß, dass Frauen für mich nie einen ergaben.

Ich öffne die Tür und schnuppere in der Luft.

Sie ist noch hier.

Ich bin überrascht darüber, wie erleichtert ich bin. Diese Frau geht mir viel zu schnell unter die Haut.

Ich bringe das Essen ins Schlafzimmer und sofort trifft mich ihr Geruch. Sie ist nach wie vor erregt. Sogar noch mehr als zu dem Zeitpunkt, als ich ging.

Was hat sie angetörnt? Dass sie gefesselt ist? Die

Vorfreude auf die Belohnung? Ich schwöre mir, dem auf den Grund zu gehen, aber erst wenn ich sie gefüttert habe.

„Warst du brav, während ich weg war?"

„Nein", sagt sie wie aus der Pistole geschossen. „Das war ich definitiv nicht." Sie rutscht auf dem Bett hin und her.

Fuck. Sie ist in diesem Zustand so heiß.

Ich befreie sie und helfe ihr beim Aufsitzen, dann lege ich das Essen auf ihren Schoß.

„Dankeschön", säuselt sie. „Das riecht fantastisch." Weil sie Sunny ist, weiß ich, dass sie jedes bisschen der Wertschätzung, die sie in ihre Worte legt, ernst meint.

Mein Wolf streckt stolz die Brust raus.

Ich hole uns Gabeln aus der Küche und setze mich auf die Bettkante, um mit ihr zu essen. Ich weiß nicht warum – ich könnte auch genauso gut das Essen bei ihr lassen und meines am Tisch essen, aber es ist beinahe so, als müsste ich zuschauen, wie sie das Essen isst, dass ich heimgebracht habe.

Einen Moment stelle ich mir vor, wie es gewesen wäre, wenn Sunny die Mutter meines Welpen gewesen wäre an Stelle von Barbara.

Irgendwie weiß ich, dass sie den Welpen liebevoll umsorgt und ihn nie aus ihren Armen gelassen hätte. Nicht wie Barbara, die zu unserem Sohn kaum eine Verbindung aufbaute.

„Denkst du über Babys nach?", fragt Sunny mit ihrer unheimlichen Angewohnheit, die Gedanken anderer zu lesen.

Ich verziehe das Gesicht zu einer mürrischen Maske. „Wovon redest du, Frau?"

„Du willst auch Enkelkinder, stimmt’s? Ich kann es ehrlich nicht erwarten.“

Ich bedenke sie mit einem zweifelnden Blick. „Warum? Wieso hast du es so eilig?“

Ihre Zunge schnellt nach vorne, um einen Tropfen Salsa von ihren Lippen zu lecken, und mein Schwanz wird hart. „Ich liebe Babys. Ich kann es nicht erwarten, Oma zu werden, auch wenn ich ihnen natürlich nicht erlauben werde, mich so zu nennen.“

„Ihnen?“ Ich gluckse. „Du hast das alles schon geplant, was?“

Sie zuckt mit den Achseln.

„Warum hast du nur ein Kind bekommen, wenn du Babys so sehr liebst? Konntest du nicht mehr in deinen Wohnwagen packen?“

Wie bei einer Lampe, die gedimmt wird, sehe ich, wie das Strahlen auf ihrem Gesicht abnimmt.

Verdammt. Ich bin so ein Arschloch.

„Ich versuchte es.“ Die drei Worte fallen und sinken zwischen uns wie Betonklötze in einen See. Sie zuckt mit den Schultern und in ihre Augen tritt ein abwesender Ausdruck, als bräuchte sie Distanz, um von ihnen sprechen zu können. „Fünf Fehlgeburten. Foxfire ist das einzige Baby, das ich auf die Welt gebracht habe.“

Ein Schauder läuft mir über die Haut.

„Scheiße.“ Ich kann mir das nicht ausmalen. Ich erinnere mich an die Vorfreude auf Tanks Geburt. Wäre die Schwangerschaft in einer Tragödie geendet, ich weiß nicht, wie ich weitergemacht hätte. „Es tut mir leid. Das ist echt schlimm.“

„Ja, nun, ich habe Foxfire.“ Ihre Stimme ist erzwungen fröhlich. Sie ist eine schreckliche Schauspielerin.

„Waren sie alle… von demselben Mann? Von Foxfires Dad?“

Mischlinge sind eine schwächere Spezies und vielleicht ist das der Grund dafür. Oder vielleicht war Foxfire die Einzige, die heranwuchs, *weil* sie zur Hälfte Gestaltwandlerin ist.

Ihr Gesicht verschließt sich. „Nein. Musst du heute nicht arbeiten? Private Geschäfte oder so was?“

Wow. Okay. Heikles Thema.

Und sie hat recht. Ich habe etwas zu erledigen.

Ich sollte nicht so beleidigt sein, dass ich von einer übermäßig emotionalen Frau ausgeschlossen werde, auf die ich mich ohnehin nicht einlassen wollte.

Ich kann jedoch nicht das Mitleid stoppen, das mich durchströmt. Sunny kommt so fröhlich und heiter rüber, aber das bedeutet nicht, dass sie nicht gelitten hat wie der Rest von uns.

„Ich muss wirklich los. Du wirst hierbleiben und heilen. Richtig?“

„Ja, okay.“

„Verlasse dieses Haus nicht. Wenn du etwas brauchst, schreib mir. Verstanden?“

„Ja, ja. Kapiert.“ Sie scheucht mich mit wedelnden Bewegungen weg.

Ich mag nicht, wie sich das anfühlt. Mein Wolf will, dass sie meinen Schutz akzeptiert. Dass sie annimmt, was ich anbiete.

Aber das ist albern.

Ich kann ihr nichts anbieten.

Ich nehme die leeren Kartons vom Frühstück an mich und stehe auf. „Brauchst du noch etwas, bevor ich gehe?“ Es beunruhigt mich, dass ich den Drang verspüre, mich nach unten zu beugen und sie zum Abschied zu küssen.

Nicht meine Gefährtin. *Nicht. Meine. Gefährtin.*

„Nein, Dankeschön, Titus. Ich komme schon klar.“

Ich nicke und gehe, sowohl erleichtert und enttäuscht, dass ich sie zurücklasse.

Titus

ICH FAHRE IN DIE STADT, obwohl ich nicht weiß, wie ich meine Suche nach Buzz anpacken soll. Taos ist eine kleine Stadt, aber ich weiß instinktiv, dass es zu keinem Ergebnis führen wird, mich nach ihm zu erkundigen. Buzz ist die Sorte Mann, die es nicht mag, wenn Leute nach ihm fragen oder über ihn reden. Jeder, der mit ihm befreundet ist, würde das wissen und daher keine Informationen rausrücken.

Ich werde besser damit fahren, wenn ich mich einfach umsehe. Mich von meinen Instinkten leiten lasse. Ich hatte draußen bei der Schlucht ein gutes Gefühl, vielleicht sollte ich dort anfangen.

Das war wegen ihr, sagt mein Wolf.

Halt die Klappe.

Ich steige auf mein Motorrad und fahre in Richtung der hohen Brücke, aber ich fahre weiter, bis ich die Carson Gegend erreiche. Meine Haut kribbelt warnend.

Ich fahre hinaus zu einer Konvergenz von Städten, einem Gebiet namens Three Points und dort, an der Ecke, sehe ich das gottverdammte Fahrzeug, das gestern Abend in Sunnys Bus gerast ist.

„Hey!“, schreie ich.

Der Kerl schaut durch die Windschutzscheibe zu mir und dann lässt er den Motor aufheulen und rast in Höchstgeschwindigkeit davon.

Zorn durchströmt mich heiß und heftig.

Dieser Mann verletzte Sunny. Ich werde ihn zu Brei schlagen. Ich brause hinter ihm her und das Bike röhrt unter mir. Wir überschreiten siebzig Meilen pro Stunde. Achtzig. Neunzig.

Wenn dieses Arschloch denkt, dass er meiner Harley davonfahren kann, dann hat er den Verstand verloren.

Er schlittert um eine Biegung und ich verringere die Distanz, aber er nähert sich einer Art Siedlung.

Es gibt kein besseres Wort dafür. Wir sind draußen mitten im Nirgendwo, doch mehrere Acres Land sind mit Schuppen, Wohnmobilen, Bussen und anderen temporären Wohneinheiten übersät. Autos sind überall geparkt, als würde ein Wanderzirkus auf „*Beim Sterben ist jeder der Erste*“, treffen.

Das Auto hält schlitternd und schäbige Männer tauchen von überallher auf. Meine Nackenhärchen richten sich auf, da meine Instinkte Gefahr brüllen. Zwei Dutzend oder noch mehr von ihnen, die alle nach draußen kommen, um zu sehen, worum es sich bei dem Trubel handelt.

Ich fahre vor und parke das Motorrad, steige ab und gehe zu ihnen, bevor sie zu mir kommen.

Ich bin mir bewusst, dass ich zahlenmäßig hoffnungslos unterlegen bin.

Der Geruch von Gestaltwandlern schlägt mir kräftig entgegen und ich realisiere jetzt erst das Ausmaß der Gefahr, in der ich mich befinde. Mit meiner Kraft und Resilienz hätte ich es mit einer großen Gruppe Menschen aufnehmen können. Das gilt nicht für Gestaltwandler. Sie werden wissen, wie sie mich ausschalten können.

Ich hebe meine Nase in die Luft und versuche, ihre Spezies zu identifizieren. Sie sind zu räudig für Wölfe.

Als sie sich nähern, kommt es mir: Coyoten.

Verdammte Coyoten.

„Kann ich dir helfen?“, fragt das Arschloch, das das Auto fährt, das Sunnys Bus gerammt hat.

Die Gefahr ignorierend, begegne ich ihm im Alphamodus. Ich marschiere um den Wagen und ramme meine Faust in sein Gesicht. Knochen knirschen unter meiner Faust und sein Körper fliegt nach hinten und dellt seine Autotür ein.

Der Rest des Rudels schießt nach vorne und formt einen engen Kreis um mich, aber niemand fasst mich an.

Noch nicht.

Die Rudelgesetze müssen ähnlich sein. Direkte Herausforderungen werden unter Gestaltwandlern normalerweise geehrt. Probleme auf körperliche Art zu regeln, war schon immer unsere Vorgehensweise. Und wenn sie meinen Geruch noch nicht wahrgenommen haben, werden sie an der Art, wie ich mich dieses Arschlochs annehme, erkennen, dass ich kein Mensch bin.

Der Kerl muss bemerkt haben, dass ich ein persönliches Hühnchen mit ihm zu rupfen habe, denn er wischt das

Blut weg, das aus seiner Nase läuft. „Was ist dein Problem?“

Ich deute auf die eingedellte Vorderseite seines Autos. „Fahrerflucht ist mein Problem. Du hast beinahe einen Menschen umgebracht, der mir wichtig ist.“ Ich schlage erneut nach ihm und er duckt sich und schlägt zurück. Seine Faust triff meine Rippen, aber wirkt sich nicht groß auf mich aus.

Ich ramme ihn mit einem Würgegriff um seinen Hals gegen das Auto. Jetzt, da ich ihn aus der Nähe betrachten kann, wirkt der Typ nervös auf mich – kleine Pupillen. Verschwitzt. Als wäre er auf Drogen. Großartig, genau das, was ich brauche. Ein berauschter Coyote.

Knurren setzt überall um mich herum ein, als er lila anläuft und seine Augen hervorquellen.

Ich lasse ihn los und lande noch einige weitere Treffer.

„Das reicht.“ Ich erkenne den Alphabefehl und trete einen Schritt zurück. Ich bin nicht so verrückt, dass ich nicht einschätzen kann, dass sie mich mühelos fertigmachen könnten. Ein dünner, bärtiger Mann tritt dicht an mich heran. „Wer bist du?“, will er wissen.

„Ich bin Titus. Und ich verlange eine Entschädigung.“

Ich weiß nicht, ob mir das irgendetwas nützen wird. Manche Rudel folgen einem strengen Verhaltenskodex, andere sind lockerer organisiert.

„Wolf“, spuckt der Coyoten-Alpha aus. „Hab dich hier noch nie gesehen.“

„Nun, ich bin jetzt hier. Und verlange Entschädigung.“

Der Alpha betrachtet mich einen Moment. Dann dreht er sich zu dem Fahrer des Autos. „Stimmt es? Du hast einen Menschen mit deinem Auto angefahren?“

Der Kerl zuckt mit den Achseln. „Ich habe einen *VW Bus* angefahren.“

„Mit einer Menschenfrau darin. Sie ist verletzt und das Fahrzeug muss repariert werden. Du wirst dafür bezahlen.“ Ich steche einen Finger in sein Gesicht und das Rudel um mich herum knurrt.

Ich warte zwei Atemzüge, bevor ich meinen Finger senke. Ich werde vor einem Rudel Coyoten keine unterwürfige Geste machen, selbst wenn sie mich in Stücke reißen könnten.

„Lebt der Mensch?“, fragt der Alpha nach einem Herzschlag.

„Yeah. Gebrochener Arm. Schnittwunden.“

Er betrachtet mich einen langen Moment. „Sie kann den Bus hierherbringen. Wir werden ihn für sie reparieren.“ Er ruckt mit einem Daumen in die Richtung eines der heruntergekommenen Gebäude. Es sieht wie eine alte Tankstelle aus.

Fuck. Will er mir etwa sagen, dass sie Mechaniker sind? Ich bin hin und her gerissen, weil ich diesen Typen nicht Sunnys Fahrzeug anvertrauen will, aber auch den Wunsch nach Gerechtigkeit verspüre.

„Auf keinen Fall werde ich sie hierherschicken. Er kann den Bus abholen. Und ihn in perfektem Zustand zurückbringen. Und die Krankenhausrechnung bezahlen.“

„Wir werden das Fahrzeug reparieren. Das Krankenhaus ist dein Problem.“

Ich wirble herum und wende mich dem Alpha komplett zu, wobei sich meine Finger zu Fäusten krümmen. Das Knurren setzt von neuem ein. Ich bin bereit, wegen der Krankenhausrechnung in den Kampf zu ziehen, aber mir wird bewusst, dass man nichts holen kann, wo es nichts gibt. Diese Kerle sehen nicht so aus, als würden sie in Geld schwimmen.

Sieht so aus, als würde ich damit nicht weiterkommen.

Mir fällt auch ein, dass ich hier bin, um einen Auftrag für mein Rudel auszuführen. Einen, den ich vollkommen vergessen zu haben scheine.

„Abholung und Lieferung", beharre ich.

„Na schön." Der Alpha wedelt mit einer Hand vor mir.

Ich zwinge meine Fäuste, sich zu öffnen, und bemühe mich, den finsteren Ausdruck auf meinem Gesicht zu entspannen. „Ich bitte um Erlaubnis, mit dir über eine Angelegenheit zu reden, die damit nichts zu tun hat."

Die Brauen des Alphas schnellen in die Höhe. „Welche ist das?"

„Weißt du irgendetwas über ein Labor hier draußen? Oder dass Gestaltwandler in dieser Gegend verschwinden?"

Der Kerl schnaubt. „Über diesen Scheiß würdest du mehr wissen als ich." Er macht auf seinem Absatz kehrt und läuft davon.

Was soll das heißen?

„Warte", rufe ich, doch die Coyoten schließen die Reihen hinter ihm und blockieren meinen Pfad.

Fuck.

Ich knurre dem Fahrerflucht-Arschloch eine Wegbeschreibung zu und schwinge mich wieder auf mein Bike. Während ich davonfahre, atme ich den Geruch von heißem Salbei tief ein, um den Coyotengestank aus der Nase zu kriegen.

Sunny

Ich bin wach, geduscht und sitze auf dem Sofa, wo ich auf meiner Kindle-App lese, als Titus zurückkehrt.

„Ich habe den Kerl gefunden, der in dich reingefahren ist."

Ein Auto fährt in die Einfahrt und ein dürrer Kerl in einem T-Shirt, das mit Blutspritzern versehen ist, stolpert vom Beifahrersitz.

„Titus… was hast du mit ihm gemacht?"

„Ich habe ihm die Nase gebrochen", antwortet Titus, als wäre das die einzig logische Aktion, die er hätte tun können. „Und ich habe ihm gesagt, dass er deinen Bus reparieren soll. Also ist er hier, um ihn abzuholen. Wirf mir die Schlüssel zu."

Mein Mund klappt auf. Ich weiß nicht, was ich denken soll. Ob Titus ein Held ist oder jemand, von dem ich wirklich Abstand nehmen sollte. Gewalt ist nichts, das ich gutheiße.

Ich weiß es jedoch zu schätzen, dass er die Reparatur meines VWs in die Wege geleitet hat.

Ich ziehe meine Schlüssel raus und dann zögere ich. „Was, wenn er ihn stiehlt?" Ich meine, der Typ sieht wirklich zwielichtig aus. Definitiv ein Speed-Junkie. Deswegen hat er wahrscheinlich auch den Unfallort verlassen. Er stand unter Drogen und wusste, dass er verhaftet werden würde.

„Dann werde ich ihn umbringen“, sagt Titus so laut, dass es auch der Kerl, der draußen steht, hört.

Ein Schauder läuft mein Rückgrat hinab, weil ich nicht sagen kann, wie ernst er es meint. Dennoch vertraue ich ihm, dass er sich darum kümmern kann. Ich werfe ihm die Schlüssel zu.

Er fängt sie mit seiner riesigen Hand auf und läuft nach draußen.

Sexy, fähiger Mann. Ich bin längst über den biologischen Drang hinaus, einen würdigen Versorger zu finden, aber meine Hormone scheinen das nicht zu wissen. Ich schwöre, meine Eierstöcke haben gerade drei frische Eier ausgestoßen.

Als Titus zurückkehrt, entdeckt er das Blumenarrangement, das ich aus einem Glas aus dem Recyclingmülleimer hinten draußen und den Blumen, die um das Cottage wachsen, gemacht habe.

„Wer hat dir die gebracht?“, verlangt er zu wissen.

„Ich habe sie draußen gepflückt.“

„Huh.“ Er betrachtet das Glas einen langen Augenblick, dann schaut er zu mir.

Ich rechne damit, dass er mir eine Standpauke halten wird, weil ich das Bett verlassen habe, doch stattdessen legt er den Kopf auf die Seite, als könne er nicht verstehen, warum ich so etwas tun sollte.

„Magst du Blumen?“

Ich lache. „Selbstverständlich. Wer mag sie nicht? Ich liebe Blumen.“

„Huh“, sagt er erneut, als würde er das vollkommen verrückt finden. „Ich schätze, so etwas tun Künstler eben, oder?“

„Was?“

„Schönheit in unsere Welt bringen.“

Ich lache und wiegle das Kompliment ab. „Die Schönheit ist bereits in unserer Welt, ich habe sie nur nach drinnen gebracht.“

„Yeah, ich schätze schon.“ Er dreht das Glas, als sei es das Wunderlichste, das er jemals gesehen hat.

Vielleicht ist es komisch – ich weiß es nicht. Es ist einfach das, das ich schon immer getan habe. Eine Oberfläche ohne ein Glas mit Blumen wirkt auf mich einfach nackt. „Das ist der größte Nachteil daran, in einem Airstream zu leben. Ich kann mir keinen Schnittblumen-Garten anlegen.“ Ich klettere vom Sofa. Ich habe die Schmerzmittel, die sie mir gaben, nicht genommen – ich wollte nicht einmal das Rezept einlösen, aber Titus bestand darauf. Mein Kopf pocht und ich stoppe meine Vorwärtsbewegung einen Moment lang.

„Warum bist du von diesem Sofa aufgestanden, kleine Lady?“

Ich verberge meine Grimasse darüber, dass sich der Raum dreht, und strecke eine Hand aus, um mich an der Tür abzufangen. „Nenn mich nicht Lady.“

„Richtig. Yeah.“ Titus blickt mich stirnrunzelnd an und schaut bitterböse auf die Beule auf meinem Kopf. „Ich hätte diesem Kerl den Arm brechen sollen, bevor er ging“, schimpft er.

„Titus, nein. Ich will nicht, dass in meinem Namen Gewalt verübt wird. Ich weiß deine Hilfe zu schätzen, aber bitte nicht mehr.“

Der Raum neigt sich und ich befinde mich plötzlich in seinen Armen. „Ich glaube, ich habe dir gesagt, dass du dich ausruhen sollst.“ Das tiefe Grollen seiner Stimme dringt in meine Brust und erhitzt mich von innen heraus.

„Ich bleibe nicht gerne so lange an einem Ort.“

Er trägt mich ins Schlafzimmer. Sein Bart kitzelt meine Wange.

„Außerdem habe ich Hunger. Lass uns etwas zum Mittagessen holen, Titus. Ich zahle auch.“

„Du musst hierbleiben.“ Er senkt mich sachte auf das Bett. „Ich werde das Mittagessen besorgen.“

„Titus –“

„Still oder ich fessle dich wieder an das Bett.“

„Das würde heißer klingen, wenn du nicht so mürrisch wärst. Das letzte Mal war eine herbe Enttäuschung, nur damit du es weißt. Ich dachte, es würde etwas Spaßiges passieren.“

Titus‘ Kopf schnellt in die Höhe und seine grauen Augen treffen auf meine.

Uups. Ich hätte vermutlich nicht verraten sollen, wie angetörnt ich heute Morgen war. Aber im Ernst. Der Kerl fixierte mich mit seinem Gürtel am Bett. Ich weiß nicht, wie kinky er ist, aber ich hatte auf jeden Fall gedacht, dass mehr passieren würde, als dass er mich befreit, nachdem er mit dem Frühstück zurückgekehrt war.

Er knurrt und marschiert wieder zur Bettkante. „Jetzt bettelst du geradezu um Ärger.“

Aufregung schießt durch mich wegen des barschen Knurrens seiner Stimme. Meine Mitte merkt auf. Ist es falsch, Sex mit ihm haben zu wollen, obwohl ich weiß, dass er sich nicht auf mich einlassen wird?

Vielleicht.

Ich könnte hier am Ende mit einem gebrochenen

Herzen zurückbleiben. Aber nur wenn ich mein Herz mit ins Spiel bringe. Und das muss ich nicht tun. Ich kann das hier einfach als eine Chance sehen, mich etwas Lust hinzugeben. Etwas, von dem ich, um ehrlich zu sein, nicht genug hatte.

Vor allem nicht von einem Mann, der sie so verteilt, wie ich es mag – wild und grob.

Titus packt meine Hüften und zieht mich nach unten auf das Bett. Er rollt meine Hüften auf die Seite und schlägt mir auf den Po. „Eine herbe Enttäuschung, hm?"

Ich lächle zu ihm hoch, während sich mein Herzschlag beschleunigt. „Wirklich herb."

Er funkelt mich finster an, aber ich bemerke, dass sein Penis vollständig erigiert ist und seine abgetragene Jeans ausbeult. „Du bist gerade erst seit ein paar Stunden aus dem Krankenhaus draußen, hast einen gebrochenen Arm und einen Bluterguss in der Größe meiner Faust an deinem Kopf. Hast du wirklich geglaubt, dass du fit genug für Sex mit mir bist? Ich würde dich in zwei Hälften brechen, kleines Mädchen."

Ich stoße ein Schnauben aus, weil es wahr ist. Ich bin noch immer wund von dem wilden Sex, den ich vor dem Unfall mit ihm hatte. An vielen Stellen. Aber ich mache keinen Rückzieher. „Unterhalb der Taille bin ich nicht verletzt." Ich greife zwischen meine Beine und streiche mit meinem Mittelfinger über den Schritt meiner Yogahose, stoppe an meiner Klit und massiere sie.

Er versteift sich, die Augen auf meine Bewegungen geheftet. „Babydoll, du suchst nach mehr Ärger, als du ertragen kannst."

„Ja, ja, das behauptest du ständig."

Er stürzt sich auf mich.

Reißt mir die Yogahose von den Beinen und schiebt meine zwei Knie auf eine Seite. „Du weißt nicht, wann du die Klappe halten sollst, oder?“ Er schlägt mir vier Mal fest auf den Hintern.

Ich schreie und kreische und versuche, wegzurutschen, aber er hat mich fixiert. Endorphine fluten meinen Körper – der Schmerz der Schläge wird sofort zu Lust. Hitze baut sich in meinem Becken auf.

Sein Atem ist abgehackt, seine Bewegungen ruckhaft. Er schlägt mich noch zweimal, dann drückt er meine Knie auseinander.

Ich stöhne eine Einladung.

Er schiebt seine Hände unter meine Pobacken und umfängt meine brennenden Backen. Drückt und knetet sie, während er seinen Kopf zwischen meine Beine senkt.

Einen quälenden Moment lang atmet er einfach nur ein, als würde er den Geruch meines Moschus‘ genießen. Dann leckt er in mich.

Ich trällere meine Zustimmung hinaus – irgendetwas zwischen einem Keuchen und einem Schrei. Meine Pussy kontrahiert und die Flammen des Verlangens lodern noch heißer.

Titus‘ Bart kitzelt meine Innenschenkel und kratzt über meine Schamlippen. Seine Zunge ist umwerfend. Groß und stark und heiß wie der Rest von ihm. Und er weiß, wie er sie benutzen muss. Er neckt und foltert mich, umkreist meine inneren Lippen, schnalzt gegen meine Klit. Er macht seine Zunge steif und penetriert mich damit. Unterdessen benutzt er seine Nase, um über meine Klit zu reiben.

Ich winde mich unter ihm, während sich die Spulen der Lust immer fester zusammenziehen. Das Verlangen wird immer größer.

„Ich will dich in mir“, informiere ich ihn. Ich habe den Punkt überschritten, an dem ich so tue, als wüsste ich nicht, was ich im Bett will. Außerdem habe ich es heute nicht in mir, mich für seine Oralkünste erkenntlich zu zeigen, und ich will ihn auch befriedigen.

Er knurrt. Seine Augen sind hellblau. Er erhebt sich auf seine Knie, schält sein Shirt vom Körper und öffnet diesen Gürtel wieder. Verdammt, das ist sexy.

Ich setze mich auf, um ihm zu helfen, aber er befördert mich mit einem heißen Kuss flach auf das Bett. „Du musst mir Bescheid geben, wenn es wehtut“, haucht er an meine Lippen. „Ich bin nicht gut darin, sanft zu sein.“

Ich hebe meine Hüften, um seiner Härte entgegenzukommen, führe sie durch den Tunnel meiner Innenschenkel und feuchten Pussy. Seine Erektion wird sogar noch länger. „Ich werde das Ampelsystem benutzen.“ Ich knabbere an seiner Unterlippe. Als er zurückweicht und die Stirn runzelt, lache ich. „Grün meint, alles gut. Gelb ist Achtung. Rot ist Stopp. Es ist ein BDSM-Ding.“

„Ich habe keine verdammte Ahnung, wovon du redest“, murrt er, aber das ist mir egal, denn er zieht bereits seine Eichel durch meine Säfte.

„Grün, grün, grün“, skandiere ich und bewege meine Hüften, um über ihn zu reiben.

Er blafft einen Fluch und spießt mich mit einem einzigen Stoß auf.

Ich schreie auf, als mein Kopf gegen das Kopfbrett kracht.

„Fuck.“ Er zieht sich aus mir.

„Nein, nein, nein, nein. Hör nicht auf, Titus. Bitte. Ich brauche das hier. Es wird mir beim Heilen helfen.“

Ich würde gerade alles sagen, um ihn wieder in mich zu kriegen, aber es wird mir wahrscheinlich helfen. Ich glaube an Orgasmen als eine Methode, um alle möglichen Dinge zu verbessern, einschließlich den Weltfrieden, sexuelle Heilung und die Rettung des Planeten.

„Bist du dir sicher? Ich glaube nicht, dass das eine gute Idee ist.“

Ich greife nach seinem Glied und ziehe ihn wieder zwischen meine Beine.

„Fuck.“ Er zerrt mich das Bett nach unten und schiebt sich wieder in mich. Dieses Mal platziert er eine Faust oberhalb meiner Schulter, um mich daran zu hindern, nach oben zu rutschen. Er schüttelt den Kopf, während er sich in mich stößt. „Du bist die merkwürdigste Frau, der ich jemals begegnet bin.“

Daran bin ich gewöhnt.

Glaub mir, daran bin ich gewöhnt.

Aber es ist nicht unbedingt das, was ich während des Koitus hören möchte. Nenn mich altmodisch.

Er muss es auf meinem Gesicht sehen, denn er wechselt zu kurzen Aufwärtsstößen und senkt seinen Kopf zu meinem Busen. „Sorry, Sonnenschein. Ich habe das nicht so gemeint, wie es sich angehört hat.“ Er beißt meine Nippel durch mein Shirt, dann schiebt er den Stoff nach oben und wirbelt mit seiner Zunge über sie.

Ich vergebe ihm, denn – yeah – es fühlt sich großartig an. Ich neige mein Becken, um ihn tiefer aufzunehmen und spanne meine Muskeln um seine Härte an.

„Beim Schicksal, Frau, hast du diesen Trick auch beim Yoga gelernt?“

„Mh hmm. Ich kann meine Beine über meinen Kopf heben. Willst du es sehen?“

„Fuck ja. Aber beim nächsten Mal.“ Seine Fingerknöchel streifen meine Wange. „Ich will deinen Arm nicht noch mehr verletzen.“

Ich packe seine Schulter mit meiner gesunden Hand, um das Stahl seiner Muskeln zu fühlen, als er sein Tempo beschleunigt.

„Welche Farbe?“, keucht er. Seine Augen haben so einen hellen Blauton angenommen. Ich sehe sein Seelentier, das unter der Oberfläche schimmert, jetzt so deutlich.

Ein hübscher silberner Wolf.

„Grün. Noch immer grün. Schinde keine Zeit, Titus.“

Er lässt ein Knurren verlauten. Ich sehe sein menschliches Gesicht kaum noch, nur den Wolf, der vor meinem dritten Auge leuchtet. Das ist eine Art wilder Paarungstanz für den Wolf. Er ist ein Raubtier. Ich bin die Beute. Der Sex ist die Jagd und er ist so kurz davor, mich zu fangen…

„Sunny…“ Er hämmert sich mit brutaler Kraft in mich und sein Gesicht verzerrt sich vor unverbrauchtem Verlangen.

Ich realisiere, dass er auf mich wartet. „Ich bin bereit, zu kommen“, keuche ich. „Gib es mir, Titus.“

Er brüllt und rammt sich noch härter in mich.

Meine Augen rollen zurück. Ich höre, wie der Gips der Wand unter der Wucht des Bettes, das dagegen kracht, bricht.

Titus kommt.

Ich folge ihm, mein Körper ist perfekt auf ihn abgestimmt. Meine inneren Muskeln drücken und melken seinen Penis.

Der Wolf bleckt seine Zähne.

Ich schreie, als sich sein Kopf an meinen Hals senkt, die Augen leuchtend, die Zähne unnatürlich scharf.

„Titus!" Ich schubse ihn mit beiden Händen weg und Schmerz schießt durch meinen gebrochenen Arm. „Rot", schreie ich. „Au, fuck."

Titus springt zurück, komplett vom Bett. Seine Zunge berührt seine Zähne und er reißt die Augen weit auf. „Scheiße."

Ich zittere am ganzen Körper. „W-was war das?"

„Nichts", sagt er rasch und dreht mir seinen Rücken zu, während er sich anzieht. „Es tut mir leid, ich wurde zu grob."

Zu grob.

Das war es nicht.

Es war mehr so, als wären die Schleier zwischen den Dimensionen für einen Moment verschwommen. Irgendetwas aus der Geisterwelt versuchte, in unsere Welt zu kommen.

Und mich zu beißen.

Aber das ergibt keinen Sinn.

So etwas passiert nicht.

Ich hatte nur eine sehr realistische Vision, das ist alles.

„I-ich sah dein Seelentier", versuche ich zu erklären. „Es war so echt, dass es mir Angst gemacht hat."

Titus fährt sich mit den Fingern durch seine Haare. „Ach ja? Welches Tier?"

„Wolf. Das habe ich dir schon mal erzählt. Ein silberner Wolf mit…" Ich schaue ihm scharf in die Augen, aber sie sind nicht so hellblau wie in der Vision, sie sind schiefergrau wie üblich.

„Mit was?“ Er sieht argwöhnisch aus.

„Nichts. Vergiss es. Sorry. Ich bin nur… wieder merkwürdig.“

Als bräuchte er noch mehr Beweise für meinen Wahnsinn.

Titus

Beim Schicksal. Ich kann nicht fassen, dass ich gerade versucht habe, Sunny zu markieren.

Einen Menschen.

So etwas passiert nicht. Das sollte nicht passieren. Etwas ist fürchterlich falsch mit meinem Wolf, wenn er sich einen Menschen zum Paaren aussucht. Nach all diesen Jahren, nachdem er sich nie dazu entschied, Barbara zu markieren, die Gefährtin, die *ich* auswählte.

Es ist Irrsinn.

Das Schlimmste von allem ist, dass es Sunny irgendwie wusste. Ich weiß nicht, was sie spürte, aber sie schrie genau in dem Moment, als ich gerade meine von Serum überzogenen Zähne in ihrem Fleisch versenken wollte, um sie für immer mit meinem Geruch zu markieren.

Ein Biss, der für einen Menschen tödlich sein könnte.

Fuck.

Und jetzt hat sie Angst.

Und ist möglicherweise verletzt.

„Du bist nicht merkwürdig“, lüge ich. Meine Vernunft rät mir, ihr nicht näher als drei Meter zu kommen, aber der Geruch ihrer Verwirrung und Schmerzen füllt den Raum und unter diesen Umständen kann ich auf keinen Fall auf mein eigenes Warnsystem hören.

Sie berührt die Beule auf ihrer Stirn. „Weißt du, ich glaube, ich habe einfach nur Hunger.“ Ihre Worte kommen zittrig raus, aber ich spreche sie nicht auf ihre Lüge an.

Ich bin jetzt nicht in der Stimmung, ihr die ganze Gestaltwandler-Sache zu erklären. Vor allem nicht die Tatsache, dass ich sie beinahe markiert habe.

Irgendetwas stimmt ganz und gar nicht mit meinem Wolf.

„Ich werde dir etwas zu Essen holen.“

„Nein.“ Sie schwingt ihre Beine über das Bett und zieht ihre Kleider an. „Ich kann es nicht ertragen, so lange eingesperrt zu sein. Ich werde mit dir gehen.“

Natürlich. Ich wusste, dass sie verdammt flatterhaft ist. Ich kann die Frau nicht einmal dazu bringen, sich einen halben Tag auszuruhen.

Ich zwicke meinen Nasenrücken. „Na schön. Ein kurzer Ausflug. Worauf hast du Lust?“ Ich hoffe wirklich, dass es nicht irgendein veganer Scheiß ist.

„Ich könnte einen großen, saftigen Burger vertragen.“

Schweig still mein Herz. Vielleicht ist sie doch nicht so verrückt.

„Ich auch, Sonnenschein. Gehen wir.“

KAPITEL 4

unny

TAOS IST EINE DIESER KLEINSTÄDTE, wo man immer jemanden kennt, egal wohin man geht. Das Diner bildet da keine Ausnahme.

Ich kenne Rebecca, unsere Kellnerin, aus Yoga und Authentic Movement Kursen. Ihre Augen weiten sich, als sie mich mit Titus reinkommen sieht. Nun, beinahe jeder muss ihn anschauen, als wir reinkommen. Er ist ziemlich aufmerksamkeitserregend. Die riesige, Truck ähnliche Figur, die Lederjacke. Der silberne Bart und das gute Aussehen eines Kerls mit Ecken und Kanten. Er ist hübsch und sie wissen, dass er neu in der Stadt sein muss, weil sie sich ansonsten an ihn erinnert hätten.

Sie eilt zu unserem Tisch. Erst da wendet sie den Blick von Titus ab und sieht die Beule auf meiner Stirn. „Was ist mit dir passiert?"

„Fahrerflucht.“ Ich schneide eine Grimasse und halte meinen eingegipsten Arm hoch.

Sie keucht. „Oh nein! Das ist schrecklich.“ Ihre Augen schnellen abermals und fragend zu Titus.

„Das ist Titus, der Vater meines Schwiegersohns. Der Göttin sei Dank, dass er hier war, als es passierte. Er kümmert sich gut um mich.“

Rebecca strahlt ihn an. „Das ist großartig. Ich bin auch froh, dass er hier war.“

Wir bestellen Burger. Titus bestellt meinen mit einem glutenfreien Brötchen – ich bin so gerührt, dass er sich daran erinnert hat – und Pommes. Als sie gebracht werden, spritzt Titus zuerst einen großen Klecks Ketchup auf meinen Teller, dann seinen.

Es sind simple, winzige Gesten, aber süß. Ich bin nicht daran gewöhnt, dass irgendjemand versucht, sich um mich zu kümmern. Ein Teil von mir hasst es – ich *will* nicht von irgendjemandem abhängig sein. Ich wurde während meiner ersten Ehe – schlimm – verletzt und ich will nie wieder in dieser Position sein.

Aber ich kann den Reiz nicht leugnen.

„Ich hätte nicht gedacht, dass du eine Burger und Pommes Sorte Frau bist“, sagt Titus, der sich mehrere Pommes gleichzeitig in den Mund stopft.

„Nein?“ Ich lache. Ich schätze, als wir zuvor Zeit miteinander verbrachten, gingen wir nicht oft auswärts essen. Ich meine mich daran zu erinnern, dass wir nur eine Menge Pizzen und chinesisches Essen liefern ließen. „Ja, ich mag Fleisch.“

Titus knurrt bei meinem Grinsen.

Ich starre auf seinen Teller, verblüfft darüber, dass er

bereits seinen ersten Burger gegessen hat. Ich nehme einen Bissen von meinen Pommes. „Ich dachte, du hättest einen Job als Security zu Hause in Wolf Ridge."

„Das stimmt. Ich arbeite Nachtschichten in der Brauerei dort."

„Was für ein Auftrag führt eine Security-Wache also nach Taos?"

Er betrachtet mich, dann schüttelt er den Kopf. „Darüber kann ich nicht sprechen."

Ich bleibe hartnäckig, weil es kaum einen Sinn macht. „Brauereigeschäfte?"

„Ich gehe einigen kriminellen Aktivitäten nach."

„Welcher Art?"

„Welchen Teil von *Ich kann nicht darüber sprechen* verstehst du nicht?"

Ich halte die Hände hoch. „Okay, okay. Heikles Thema. Geheime Brauereigeschäfte also."

Er verdreht die Augen.

Ich wische mir mit einer Serviette über die Lippen. „Denkst du, du könntest mich zu meinem Wohnwagen fahren?"

Er zieht eine Braue hoch. „Wie bitte?"

„Weil ich den Bus nicht habe. Könntest du mich zu meinem Zuhause fahren?"

Er blinzelt mich einige Herzschläge lang an. „Ich habe dieses gottverdammte Cottage gemietet, damit du dich nicht vom Fleck bewegst und dich ausruhst. Willst du mir ehrlich sagen, dass deine Wanderlust schon ausgebrochen ist? Du kannst nicht länger als einen halben Tag stillsitzen?"

Ich spüre so viel Urteil in seinen Worten und ich hasse

es, mir einzugestehen, wie sehr das wehtut. Ich schaue hinab auf mein Essen und habe plötzlich keinen Hunger mehr.

„Im Ernst, was soll die Eile?“

Ich blicke abrupt wieder auf. „Ich werde nicht dafür bezahlt, auf dem Sofa herumzuliegen, Titus. Wenn ich keine Kunst mache oder sie verkaufe, habe ich nichts zu Essen. Das ist die Realität meiner Situation.“

Er schüttelt den Kopf. „Und wer hat diese Situation gewählt?“

Ich werfe meine Serviette auf den Teller und schiebe meinen Stuhl nach hinten. „Ich habe nicht um deine Hilfe gebeten, Titus. Ich brauche sie nicht. Ich habe auch nicht darum gebeten, dass du mich oder meinen Lebensstil verurteilst. Zerbrich dir nicht den Kopf darüber, mich zu fahren, ich finde selbst nach Hause.“ Ich wühle in meinem Geldbeutel nach etwas Bargeld und lasse so viel, dass es unsere beiden Mahlzeiten abdeckt, auf dem Tisch liegen. Ich werde Titus nicht noch mehr für mich tun lassen.

„Jetzt warte mal.“ Er erhebt sich ebenfalls. „Ich werde dich fahren. Immer mit der Ruhe.“

Ich halte meine Hand hoch. „Nein, wirklich, Titus. Mir geht’s gut. Danke für alles.“ Ich beuge mich nach vorne, um ihn auf die Wange zu küssen und damit zu beweisen, dass ich nicht sauer bin – was ich bin. Ich will es nur nicht sein. Ich will nicht, dass mir wichtig ist, was dieses riesige, männliche Monster von einem Mann von mir denkt.

Ich will nicht in seine starre Form dessen, wie die Dinge sein sollten, passen. Oder wie sie nicht sein sollten.

Ja, ich bin einzigartig. Ich war schon immer anders. Sogar als Kind hielten mich die anderen Kinder schon für komisch. Ich schätze, dass ich deswegen so jung geheiratet habe. Ich war einfach erpicht darauf, mit jemandem zusammen zu sein, von dem ich dachte, dass er mich wollte und akzeptierte.

Aber meine erste Ehe hätte nicht schmerzhafter sein können.

Ich laufe nach draußen in den ungefilterten Sonnenschein, der damit einhergeht, wenn man in einer so großen Höhe lebt. Taos ist kein Ort, an dem man sich einfach ein Uber rufen kann, aber wenn ich um die Plaza laufe, werde ich schon irgendwann jemandem begegnen, den ich kenne und bitten kann, mich raus zu meinem Wohnwagen zu fahren.

Natürlich werde ich dann dort draußen festsitzen ohne eine Möglichkeit, zurück in die Stadt zu gelangen, sollte ich etwas brauchen. Vielleicht habe ich das alles nicht sorgfältig genug durchdacht, als ich meine Bitte vorbrachte.

Vielleicht hatte Titus recht.

Vielleicht fliehe ich schon wieder. Vor ihm.

Vor der Verletzlichkeit, die er in mir hervorruft. Schau nur, wie leicht es für ihn war, mir wehzutun, und ich hatte ihm nicht einmal mein Herz geschenkt!

Nein, ich habe die richtige Entscheidung getroffen. Distanz ist definitiv die beste Option.

Weil ich dringend einen Stimmungsaufheller benötige, schlüpfe ich in Adeles Schokoladengeschäft. Der kräftige Geruch von Kakao schlägt mir entgegen, während sich die große Inhaberin hinter der Theke aufrichtet.

„Hey, Sunny“, ruft sie und ihr Mund verzieht sich zu einem breiten Lächeln, bis sie einen guten Blick auf mein ramponiertes Gesicht erhält. „Oh mein Gott, was ist passiert?"

„Autounfall. Fahrerflucht. Ich könnte wirklich eine kleine Aufmunterung gebrauchen." Es stimmt, auch wenn es nicht wegen dem Autounfall ist.

„Oh, ich habe genau das Richtige für dich, meine Freundin. Probiere mal das hier." Sie schiebt einen Teller mit drei Trüffeln über die Theke. „Meine neueste Kreation. Aprikose-Meersalz-Trüffel."

Ich schiebe mir den kleinen Happen in den Mund und stöhne. „Ja. Das war genau das, was ich brauchte." Ich schließe die Augen und genieße die Geschmacksexplosion in meinem Mund. „Exquisit. Du hast wirklich eine Gabe, Adele."

„Warum sieht es aus, als würde dein Freund draußen Wache halten?"

„Mein Freu–" Ich mache Anstalten, mich umzudrehen, aber stoppe mich. „Oh. Titus ist draußen?"

Adele steckt eine verirrte schwarze Locke hinter ihr Ohr und bedenkt mich mit einem abschätzenden Blick. „Stehst du auf ihn? Ich dachte irgendwie, dass da Chemie zwischen euch wäre?"

„Oh, wir haben eine Chemie, das schon. Das ist irgendwie das Problem."

„Wie kann das ein Problem sein?"

Ich stütze meinen Ellbogen auf die Theke und lege mein Kinn darauf ab. „Macht es schwieriger, Distanz zu ihm zu wahren. Vor allem, weil der Sex so gut ist."

„Ah. Also der Sex ist großartig, aber die Persönlichkeit ist nicht da?"

Ich schiebe mir noch einen Trüffel in den Mund.

„Seine Persönlichkeit mag ich auch. Ich… Nun, ich bin einfach zu viel für ihn. Geschichte meines Leidens… ich meine, Lebens."

Mitgefühl huscht über Adeles Miene, bevor sie es verbirgt. „Mach dich nie für einen Mann kleiner", sagt sie bestimmt. „Lebe weiterhin munter und stolz und sei, wer du bist. Der Kerl, der Manns genug ist, dich Dich sein zu lassen, wird kommen."

Meine Augen brennen, aber ich blinzle die Tränen weg. „Jepp", stimme ich zu, denn ich bin nur in der Lage, diese eine Silbe zu sprechen, ohne mir das Zittern in meiner Stimme anmerken zu lassen.

„Was diesen Mann angeht… wenn du Hilfe brauchst, ihn abzuschütteln –"

„Oh, nein." Ich winke mit einer Hand ab. „Er würde mich in Ruhe lassen, wenn ich deutlich machen würde, dass es das ist, was ich möchte." Aber es ist nicht das, was ich möchte. Das ist das Problem. „Ich bin mir sicher, er wird schon bald von sich aus gehen." Die Worte schmecken bitter. Ich suche mir noch einen Trüffel aus.

„Wenn es endet, wirst du noch immer deine Freunde haben", murmelt Adele. „Wir werden alle bereit sein, eine Flasche Wein zu bestellen und dich zu bemitleiden."

„Dankeschön, meine Liebe. Die Zeit heilt alle Lügen… ich meine Wunden." Ich schiebe mir den dritten Trüffel in den Mund, bevor ich noch mehr Metaphern vermische. „Ähm. Was schulde ich dir?"

„Oh, die gehen aufs Haus."

Ich lächle ziemlich erleichtert, weil ihre Trüffel verdammt teuer sind. Wie sie es auch sein sollten – sie sind das Beste, das ich jemals in meinen Mund gesteckt habe. „Vielen Dank, Süße. Nun, ich verschwinde dann mal besser von hier und schaue, ob ich meinen Bodyguard abschütteln kann.“

„Eh. Benutz ihn für Sex. Du verdienst es.“

Ich lache. „Das habe ich schon!“, singe ich, während ich aus dem Laden gehe.

Titus lehnt am Türrahmen, die Arme vor seiner massiven Brust verschränkt und mit einem erstklassigen finsteren Gesichtsausdruck.

Ich ignoriere ihn und marschiere an ihm vorbei.

Er gibt ein leises Knurren von sich, aber fasst mich nicht an, sondern folgt nur einen Schritt hinter mir.

Ich mache mich auf den Weg über die Plaza und stoppe immer wieder, um Freunde zu begrüßen und mit ihnen zu plaudern, wohl wissend, dass ich Titus in den Wahnsinn treibe.

Es ist seine Entscheidung, sich zu meinem Babysitter zu machen. Irgendwann setze ich mich auf eine Bank, weil ich am Ende bin und noch keinen Plan habe, wie ich zu meinem Wohnwagen gelangen kann.

Titus ragt über mir auf und blockiert den harten Winkel der Sonne. Er steckt seine Hände in seine Taschen, was eine entschieden nicht dominante Pose ist. Anscheinend gibt er sich Mühe, versöhnlich zu wirken.

Ich schaue auf.

„Ich werde dich jetzt zu deinem Wohnwagen fahren“, brummt er.

Ich schürze die Lippen. Es liegt mir auf der Zungenspitze, es abzulehnen, aber das wäre die Definition von *sich in die eigene Hand schneiden*. Oder wie auch immer der Spruch heißt.

Stattdessen richte ich mich auf. Er zögert, als wolle er etwas sagen, doch dann neigt er nur den Kopf zum Parkplatz, wo wir die Harley zurückließen, und wartet, bis ich zu laufen beginne, um sich meinen Schritten anzupassen.

Er ist so klug, mich nicht anzufassen oder irgendetwas zu sagen. Tatsächlich sagt keiner von uns ein Wort auf dem Weg zu seinem Motorrad.

„Ich bin auf dem Cebolla Mesa geparkt“, informiere ich ihn.

Er schüttelt den Kopf, da er die Gegend nicht kennt. Ich gebe ihm eine Wegbeschreibung und nehme seinen Helm entgegen, bevor ich hinten auf sein Motorrad klettere.

Ich schlinge meine Arme um seinen Waschbrettbauch – das Beste, das ich mit dem Gips tun kann – und bemühe mich, nicht darüber nachzudenken, wie mühelos sich mein Körper in der Freude verliert, ihn einfach nur zu berühren. Ich versuche, den Kick zu ignorieren, den mir die Geschwindigkeit des Motorrads und die meisterhafte Weise, mit der er es lenkt, verschaffen.

Nein, dieser hedonistischen Freude, die Titus in mir erzeugt, kann man nicht trauen. Das letzte Mal war ich so klug, zu gehen.

Jetzt muss ich das Gleiche tun.

~

Titus

. . .

Ich sollte froh darüber sein, dass Sunny mit mir durch ist. Ich sprach sie auf ihr Verhalten an und sie ging, genauso wie beim letzten Mal.

Aber in meiner Brust ist etwas Juckendes und Rastloses. Als hätte ich es vermasselt und müsste es in Ordnung bringen.

Also besteht mein Kompromiss darin, sicherzustellen, dass Sunny sicher zu ihrem Wohnwagen kommt und nicht weiterhin wie eine Vagabundin um die Plaza wandert.

Die Fahrt zu ihrem Wohnwagen ist hübsch und der Ort, den sie zum Parken gewählt hat, exquisit. Ihr Wohnwagen befindet sich direkt am Rand der Rio Grande Schlucht, aber immer noch zwischen den Kiefern.

Sie hat einige Solarpanel auf dem Dach, eine Solardusche wurde in einem Baum aufgehängt und ein kleiner Blumentopf mit welken Akeleien steht neben der Eingangstür.

„Oh, ihr habt Durst, nicht wahr, süße Blümchen? Ich werde euch etwas zu trinken bringen." Die irre Frau redet mit ihren Blumen. Sie öffnet den Wohnwagen und kommt mit einem Krug Wasser wieder raus, den sie auf die welken Blumen schüttet. „Der Topf ist zu klein", sagt sie zu mir, als würde mich das beschäftigen. „Er trocknet zu schnell aus und da ich gestern Nacht nicht nach Hause gekommen bin…" Sie geht wieder zurück in den Airstream.

Ich will gehen, aber ich fühle mich nicht wohl dabei, sie hier allein zu lassen. Ich weiß, dass sie eine erwachsene Frau ist und sie schon ewig hier allein lebt, aber es kommt mir extrem unsicher vor. Sie ist eine zerbrechliche

Menschenfrau hier draußen in der Wildnis, wo sie niemand schreien hören kann.

Ich umrunde den Wohnwagen und hebe meine Nase, um in der Luft zu schnuppern. Ich wünschte, ich wäre in Wolfgestalt, damit ich wirklich ein Gefühl dafür kriegen könnte, was hier in letzter Zeit sein Unwesen getrieben hat. Ich trete zwischen eine Baumgruppe und nehme einen Geruch wahr, der einen Schock durch mich jagt.

Gestaltwandler.

Männlicher Wolf.

Wer war hier draußen? Mein Kumpel Buzz?

Oder könnte das mit dem Labor zu tun haben, nach dem ich suche? Vielleicht eine entflohene Versuchsperson.

Ich schaue zurück zum Wohnwagen und denke darüber nach, mich auszuziehen, damit ich mich verwandeln kann, doch Sunny kommt nach draußen. „Du musst nicht hierbleiben, Titus." Es würde unhöflich klingen, aber sie trägt eine ihrer strahlenden, sonnigen Mienen zur Schau. Sie wurde wirklich passend benannt.

Widerwillig laufe ich zurück. „Yeah, okay. Ich werde in Erfahrung bringen, wann dein Bus repariert sein wird. Soll ich dich morgen zur Brücke rausfahren, damit du deine Waren verkaufen kannst?"

„Mein Zeug ist im Bus. Ich habe nicht nachgedacht, als du ihm erlaubt hast, den Bus mitzunehmen."

Scheiße. Jetzt fühle ich mich wie der größte Dreckskerl. Und diesen Speed-Junkie-Coyoten traue ich nicht über den Weg. Es ist gut möglich, dass sie ihr ihre Sachen stehlen. Und ich schränke ihre Fähigkeit ein, sich ihren Lebensunterhalt zu verdienen.

„Ich werde dort vorbeifahren und ihnen Beine

machen“, versichere ich ihr, obwohl es eine lange Fahrt dort raus ist. „Und ich werde dir Bescheid geben, sobald es erledigt ist.“

Sie blinzelt mich mit diesen Katzenaugen an. „Dankeschön, Titus.“

„Brauchst du noch irgendetwas anderes?“

Sie legt ihre gute Hand auf ihre Hüfte, aber ist zu nett, mich daran zu erinnern, dass sie bereits deutlich gemacht hat, dass sie nichts von mir braucht.

„Richtig. Okay. Ich werde mich melden.“

„Danke nochmal!“ Sie winkt fröhlich.

Ich kann es nicht ertragen, dass es sich anfühlt, als würde sie mich loswerden wollen, aber ich weiß, dass sie das tut.

Verdammt.

Ich schwinge ein Bein über mein Motorrad und lasse es an. Wenn ich zurückkomme, werde ich mich verwandeln und irgendwie diesen Gerüchen folgen.

Sunny

„Schatz, mir geht’s gut. Wirklich. Titus hat sich gut um mich gekümmert.“ Ich rief Foxfire an, sowie ich es mir zu Hause gemütlich gemacht hatte. Mein Wohnwagen funktioniert perfekt so fern von allem dank der Solarenergie, die für Strom sorgt, mit dem ich mein Handy laden kann. Ich muss nur das Wasser selbst herbeischleppen, wenn ich öfter als einmal die Woche duschen will, weil Taos nur dreißig Zentimeter Niederschlag pro Jahr erhält.

Das ist die erste Gelegenheit, die ich habe, um tatsächlich mit Foxfire zu reden, obwohl wir uns den ganzen Tag über geschrieben haben.

„Ich verstehe noch immer nicht, warum Titus dort war. Seid ihr zwei jetzt… ein *Paar* oder so etwas?“ Sie klingt, als würde ihr bei dem Gedanken leicht übel werden. Aber Kinder stellen sich ihre Eltern nie gerne als sexuelle Wesen vor. Trotz der sexpositiven Erziehung, die Foxfire von mir erhalten hat, ist sie diesbezüglich empfindlich.

„Nein!“ Meine Stimme klingt zu hoch. „Er ist geschäftlich hier. Ich lief ihm gestern an der Brücke an der Schlucht über den Weg. Und dann kam er zum Yoga.“

Foxfire gibt ein stotterndes Geräusch von sich, als hätte sie sich gerade an einem Schluck Wasser verschluckt. „Was? *Was?*“ Sie lacht. „Titus ist zum *Yoga* gegangen?“

Ich kichere ebenfalls. „Ich weiß, Schatz. Lächerlich. Weißt du, da war dieser andere Mann an der Brücke und er sagte, er würde –“

„Okay, stopp. Ich weiß nicht, ob ich irgendetwas davon wissen will.“

„Nun, du hast gefragt, Schatz. Ich versuche nur, es zu erklären.“

Sie gibt einen leisen unzufriedenen Laut von sich. „Enthält die Erklärung eine Geschichte darüber, dass du Sex mit dem Dad meines Ehemannes hattest? Denn darüber will ich definitiv nichts hören.“

„Okay, dann ist das Thema jetzt beendet.“

„Oh, Sunny! Das musste ich nicht wissen!“, heult sie. Meine Tochter hat mich immer bei meinem Vornamen genannt, weil ich sie auf eine Weise erziehen wollte, die ihr volle Autonomie gab. Ich glaube, dass Kinder, wie wir alle, Wesen mit unendlichen Möglichkeiten sind. Sie sind nur in winzigen Körpern gefangen und werden von den Erwachsenen um sie herum unterschätzt. Ich bemühte mich, mich entsprechend der Annahme zu verhalten, dass Foxfire über ein vollständiges Bewusstsein verfügte und selbst Entscheidungen treffen konnte, und ich war nur da, um ihr zu helfen und sie anzuleiten, wenn es nötig war.

Ich lache. „Keine Sorge. Ich habe ihn weggeschickt. Ich bin jetzt wieder in meinem Wohnwagen und mir wird es prima gehen, sobald ich meinen Bus zurückkriege. Aber genug von mir. Wie sieht der Status meiner Enkel aus?“

„Argh, *Sunny!* Bitte.“

„Ich will Enkelkinder, Foxfire. Ich schicke dir eine kleine Tüte mit Mondstein und Rosenquarz, um die Fruchtbarkeit zu stärken.“

„Oh mein Gott, Sunny nein. Die brauchen wir nicht.“

„Oh, bist du schon schwanger?“

„Sunny!“

„Wenn ihr Schwierigkeiten habt, könnte es an Tanks Spermienzahl liegen. Ihr könnt einen Test machen lassen, um sicherzugehen.“

„Erwähne nie wieder die Spermienzahl meines Partners.“

„Foxfire, du weißt, wie sehr ich Babys liebe.“

Foxfire seufzt, aber spricht mit sanfterer Stimme. „Das weiß ich, Sunny. So weit sind wir einfach noch nicht.“

„Nun, wartet nicht zu lange, Schatz. Du weißt, dass es schrecklich schwer für mich war. Ich will nur nicht, dass du deine besten Jahre verpasst und dann die Probleme hast, die ich hatte."

„Sunny. Projiziere deine Ängste nicht auf mich."

„Du hast recht, du hast recht", sage ich sofort. Ich glaube definitiv daran, dass Gedanken Realität erschaffen, und ich sollte meine Tochter nicht mit meinen Ängsten überhäufen. „Fühle dich von bedingungsloser Liebe umgeben und dem Wissen, dass du so perfekt bist, wie du bist." Das war das Mantra, mit dem ich sie stets zur Schule schickte.

Ich höre das Lächeln in Foxfires Stimme. „Danke, Sunny. Ich liebe dich auch."

„Gute Nacht, Schatz. Gibt deinem Mann eine Umarmung von mir."

„Werde ich machen. Tschüss, Sunny."

KAPITEL 5

itus

ICH WEIß NICHT, was zum Henker ich mache. Würde ich glauben, dass sie dazu in der Lage ist, würde ich sagen, dass Sunny wirklich eine Hexe ist, und sie mich verhext hat.

Aber das ist offensichtlich nicht ihr Ding. Sie ist nicht darauf aus, irgendjemanden in ihrem Netz zu fangen.

Zumindest nicht absichtlich.

Dennoch habe ich mich darin verfangen. Das ist die einzige Erklärung, die ich dafür habe, dass ich es für notwendig halte, ihren Bus zu ihr zu fahren mit all den Materialien hinten drin, mit denen ich ihr Blumenkästen bepflanzen kann.

Es ist wirklich dumm.

Ich sollte das Fahrzeug abstellen und dann davonschlendern, um mich zu verwandeln, damit ich um ihren

Wohnwagen herum auf Erkundungstour gehen und nachschauen kann, was sich dort finden lässt. Ich habe einen Auftrag für Alpha Green zu erledigen.

Stattdessen bin ich festentschlossen, Gärtner für eine Frau zu spielen, die meine Hilfe nicht will.

Total verrückt.

Und dennoch vergesse ich all meine widerwillige Zurückhaltung, als Sunny in all ihrer sonnigen Pracht aus der Tür gestürmt kommt, als ich vorfahre. Ihre Haare sind auf ihrem Kopf zu einem unordentlichen Dutt getürmt, der sie größer und schlanker wirken lässt. Das Lächeln, das sich auf ihrem Gesicht ausbreitet, könnte eine Großstadt beleuchten.

Und allein sie zu sehen, lindert irgendein nagendes Gefühl der Verkehrtheit, das ich schon empfinde, seit ich sie dort gestern Abend zurückließ.

„Er ist schon repariert?" Sie hüpft zu mir. „Das ist wundervoll!"

„Ich habe sie ein wenig unter Druck gesetzt." Im Sinne von, ich fuhr dort raus und stand neben den Scheißkerlen, bis der Bus fertig war. Ich habe wahrscheinlich Glück, dass mich das Rudel nicht angegriffen hat, aber ich hatte das Gefühl, dass der Alpha bestimmt hatte, dass dies mein Recht war, weshalb die Coyoten gehorchen mussten.

Sunny gibt mir ein schnelles Küsschen auf die Wange. Ich habe es nicht vor, aber mein Arm legt sich sogleich um sie und zieht diesen gelenkigen Körper an meinen. „Oh!" Der überraschte, leicht atemlose Laut lässt meinen Schwanz hart werden.

Oder vielleicht liegt es auch daran, dass mir ihr Weihrauch- und Rosenduft in die Nase steigt. Oder dass sich ihre BH-losen Brüste leicht an mich drücken.

„Viel zu tun heute Morgen?“, bringe ich zähneknirschend hervor, bevor ich sie noch über meine Schulter werfe und eine stabile Oberfläche suche, auf der ich sie ficken kann. Ein Picknicktisch in der Nähe würde genügen, befänden sich darauf nicht Blöcke mit rotem Ton und ein großer stockförmiger Gegenstand, der nach oben ragte. Irgendetwas an der Form veranlasst mich dazu, die Stirn in Falten zu legen. „Was zur Hölle ist das?“

„Oh.“ Eine leichte Röte breitet sich zwischen ihren Sommersprossen aus. „Eine Kleinigkeit, an der ich arbeite. Ich fühlte mich inspiriert.“

Ich tue so, als würde ich die nach oben gerichtete Wurzel betrachten. „Was ist das?“

„Es ist, äh, etwas, an dem ich arbeite.“ Sie streicht eine Haarsträhne hinter ihr Ohr und blickt mich mit großen Augen an. Langsam interpretiert mein Gehirn die vulgäre Form. Ich werfe einen zweiten Blick auf das Gebilde. Jepp, der Ton ist wie ein Schwanz geformt.

„Was zum Henker?“

„Phallische Kunst war etwas vollkommen Gewöhnliches in den alten Zivilisationen. Diese Modelle waren Symbole der Fruchtbarkeit und wurden als Glücksbringer betrachtet.“ Sie reckt das Kinn, während sie mich belehrt. „Wie auch immer, ich habe ihn nach deinem Vorbild modelliert.“

„Zu klein“, knurre ich. Ich weiß nicht, was zur Hölle ich sonst sagen soll. Wollte sie diesen Ton brennen und für sich benutzen? Mein Schwanz steht kurz davor, meine Jeans zu spalten. Ich wende mich ab, bevor ich etwas

Dummes tue, wie beispielsweise ihre Kunstmaterialien auf den Boden zu fegen und ihr zu zeigen, dass kein Tonmodell mit dem Echten mithalten kann.

„Willst du ihn?“, fragt Sunny meinen Rücken zaghaft.

Zur Hölle nein. Ich habe schon einen, Baby. „Behalte ihn. Etwas, das dich an mich erinnert.“

Es entsteht eine lange peinliche Pause, in der ich an verschwitzte Footballspieler denke, damit sich mein Schwanz beruhigt.

Sunny räuspert sich. „Also soll ich dich zurück in die Stadt fahren?“

Autsch. Sie hat es eilig, mich loszuwerden.

Verdammt.

„Yeah. Nachdem ich etwas fertig gemacht habe.“ Ich öffne die Seitentür des Busses und ziehe die Pflanzentöpfe, Topferde und Blumen heraus.

Sunny keucht. „Titus!“

Ich schaue sie nicht an, denn wenn ich es tue, befürchte ich, dass sie auf ihren Knien im Dreck landen wird. Während ich mich von hinten in sie ramme. Stattdessen grunze ich, marschiere an ihr vorbei und stelle die schweren Pflanzenkübel zu beiden Seiten ihrer Tür mit einem dumpfen Knall ab. Ich fülle sie zur Hälfte mit Erde und dann platziere ich die drei verschiedenen Blumensorten, die mir der Gärtner im Baumarkt empfahl, in dem Kübel und drücke sie leicht fest. Ich wiederhole die Schritte auf der anderen Seite. Die ganze Zeit huscht Sunny hinter mir hin und her und gibt anerkennende Laute von sich.

Ich beende das Ganze, indem ich die Blumentöpfe mit

Erde auffülle und mich aufrichte, ehe ich den Dreck von meinen Knien klopfe. „Hast du Wasser hier?“

Ich drehe mich um und entdecke Sunny, die bereits mit einem Plastikkrug in der Hand parat steht.

„Oh!“ Wasser schwappt über den Rand und spritzt auf die Vorderseite ihres Tops, als unsere Hände zusammenstoßen. Ihre Nippel bohren sich hart und aufgerichtet durch den dünnen Stoff.

Ich versuche, aufzuschauen. Das tue ich wirklich. Aber die Nachricht gelangt nicht von meinem Gehirn zu meinen Augen. Sie kleben an diesen festen Knospen. Mir läuft das Wasser im Mund zusammen. Ich räuspere mich.

Keiner von uns bewegt sich. Ich bin mir sicher, keiner von uns atmet.

Drei… zwei… eins: Ich verliere die Beherrschung.

Der Krug fällt zu Boden und verspritzt Wasser auf unseren Beinen. Der Wohnwagen fällt beinahe um, weil unsere Körper so heftig dagegen krachen. Ich erobere ihren Mund grob zur gleichen Zeit, in der ich einen Nippel zwischen Daumen und Zeigefinger zwicke.

Sie kreischt protestierend und ich öffne meine Finger, knete ihren weichen Busen, während ich ihren Hals beiße und daran nach unten lecke.

„Komm her“, knurre ich, hebe sie hoch und trage sie nach drinnen.

Jedes Lustzentrum schüttet Lust aus, nur weil ich sie in meinen Armen habe und weiß, dass ich so kurz davor bin, sie zu beanspruchen.

Ich trage sie zu der Matratze und lege sie darauf ab, bevor ich ihr Top nach oben schiebe, um ihren Nippel noch mehr Aufmerksamkeit zu schenken. Ich kratze mit meinen Zähnen über sie, zwicke und ziehe. Sauge und küsse.

„Oh, Titus. Du treibst mich in den Wahnsinn.“

Der Wahnsinn beruht auf Gegenseitigkeit, Sonnenschein. Und es gibt keinen anderen Namen dafür, das steht fest.

„Willst du, dass ich dich dort berühre, Baby?“ Ich umfange ihren Venushügel und reibe über ihre dünnen Leinenshorts. Ich versuche, meine Aggression zurückzufahren und mich zu vergewissern, dass sie das hier tatsächlich will. Vor allem angesichts dessen, dass sie damit beschäftigt war, mich loszuwerden, als ich ankam.

Sie zappelt und legt ihre Hand auf mich. „Nein.“

Ich erstarre.

Fuck.

„Ich will Spartacus.“

„Was?“

Sie drückt mich nach hinten, setzt sich rittlings auf meine Beine und öffnet den Reißverschluss meiner Jeans. Sie lässt meinen Schwanz raus und packt ihn an der Wurzel. „Das ist Spartacus.“

„Huh?“

„Dein Schwanz. Ich habe ihm den Spitznamen Spartacus gegeben.“

„Was? Nein.“

„Spartacus.“ Sie streichelt mich einmal, was meine Eier dazu bringt, aufzumerken und zu betteln. „Weil er sich der Situation gewachsen zeigt.“

„Was?“ Ich muss mich sehr anstrengen, einen klaren Gedanken zu fassen. „Nenn ihn nicht so.“

„Ich bin Spartacus“, knurrt sie spielerisch und dann kichert sie.

„Stopp. Nein.“

Doch dann senkt sie ihren Mund und leckt um die Spitze.

„Ja. Zur Hölle ja, mehr davon.“

„Gefällt dir das?“ Sie benutzt eine spielerisch unschuldige Stimme. Dass sie meinen Schwanz so reizt, lässt mich den Verstand verlieren.

„Weniger reden, mehr saugen, Frau“, knurre ich.

„Okay, Wolf.“ Sie nimmt mich vollständig in ihren Mund und der lustvolle Schauder, der mich durchläuft, wirft beinahe den Wohnwagen um.

Verrückte verdammte Frau, die meinem Schwanz einen Namen gibt.

Während sie saugt, greife ich nach ihrer dünnen Leinenshorts, um deren Knöpfe zu öffnen und sie von ihren Beinen zu ziehen. Es bringt mich um, dass sie nie Höschen trägt. Es macht sie zu einer noch größeren Versuchung, zu wissen, dass diese Pussy *genau dort* ist.

Ich umfange ihre Pussy. Als ich mit meinem Daumen über ihre Spalte streichle, finde ich sie klatschnass vor. Bereit. „Willst du von Spartacus gefickt werden?“

Beim Schicksal, was stimmt nur nicht mit mir? Jetzt benenne ich meinen Schwanz auch noch nach ihrem Spitznamen. Laut.

Irrsinn.

Und irgendwie heiß.

„Ja“, trällert sie.

Ich erhebe mich und tausche die Plätze mit ihr, damit

ich meine Zunge von ihrem Eingang zu ihrer Klit ziehen kann und wieder nach unten. Sie schmeckt wie Magie.

Mondlicht und Feenstaub. Blütenblätter und Edelsteine.

Und das macht keinen verdammten Sinn. Also habe ich eindeutig den Verstand verloren.

Ich werde den bevorstehenden Vollmond für diesen ganzen Wahnsinn verantwortlich machen. Den Vollmond und diese wilde, wundervolle Frau unter mir.

Ich reiße mir die Jeans von den Beinen. „Du willst ihn jetzt?“

„Jetzt.“ Sie kratzt an meinen Ärmeln und reißt mich über sich nach unten, wobei sich ihre Lippen teilen.

Beim Schicksal.

Die Welt dreht sich, als wir uns küssen. Die Erde erbebt.

Oh warte, das könnte der Wohnwagen sein.

Und wenn er es nicht ist, dann wird er es definitiv bald sein.

Ich spieße sie mit meiner Erektion auf und beobachte, wie sich ihr ausdrucksstarkes Gesicht vor Leidenschaft verzieht. Ihre Augen rollen in ihren Kopf zurück und ihr Mund klappt auf. Das Stöhnen, das sie von sich gibt, sollte für jedes Pornovideo, das jemals gemacht wurde, auf automatische Wiedergabe geschaltet werden.

„Das ist es, Liebes“, summe ich, obwohl ich noch nie die Sorte Mann war, der im Schlafzimmer Liebenswürdigkeiten von sich gibt. Es kommt mir einfach ohne Weiteres über die Lippen.

Ich ziehe meine Hüften zurück und ramme sie wieder nach vorne, wobei ich mir dieses Mal erlaube, in meiner eigenen Lust zu versinken. Sie fühlt sich so gut an. So richtig. Sie ist klein und menschlich und ich könnte sie mit meiner massiven Erektion in zwei Hälften spalten, dennoch nimmt sie jeden Stoß mit Weichheit und Großzügigkeit auf.

Sie ist die Sorte Frau, die geben und geben und geben könnte.

Und ich habe keine Ahnung, was mich dazu bringt, diesen Schluss zu ziehen, aber ich weiß, dass es stimmt.

„Du fühlst dich so gut an, Sonnenschein. So gut.“

„Erobere, Spartacus.“

Ein Lachen explodiert aus meiner Brust. Ich stütze mich neben ihrem Kopf auf meine Fäuste und ramme mich mit harten, rhythmischen Stößen tief in sie, die definitiv den Airstream zum Erzittern bringen.

Sie gibt diese verrückten Jammerlaute von sich. Verzweifelt und bedürftig und irgendwie wertschätzend.

Ich ficke sie, bis sie ihren Verstand verliert und Unsinn brabbelt. Ich ficke sie, bis ich den Verstand verliere. Und dann zwicke ich gleichzeitig ihre beiden Nippel und verlange: „Komm.“

Sie tut es. Ihre Pussy verkrampft sich um meinen Schwanz und dann zuckt sie, als sie zum Höhepunkt gelangt.

Ich warte, bis sie fertig ist, und drücke sie auf die Seite und schiebe ihren Schenkel nach oben, damit ich in einem anderen Winkel in sie dringen kann. Perfektion.

Ich reite sie auf diese Weise, bis ich komme. Feuerwerke explodieren hinter meinen Augen und der Raum schlägt einen Purzelbaum nach dem anderen.

Als sich mein Sichtfeld klärt, falle ich und schlinge

einen Arm um ihre Taille. Schmiege mich von hinten an sie. „Ich wusste gar nicht, wie sehr ich das hier brauchte“, gestehe ich.

Beim Schicksal, was stimmt nur nicht mit mir? Ich rede nie über meine Gefühle und jetzt rede ich mir alles von der Seele? Es ist, als hätte man mir Wahrheitsserum oder so etwas gegeben. „Ich wusste nicht, wie gut es sich anfühlen würde“, fahre ich fort.

„Sexuelle Heilung, Baby“, sagt Sunny mit zufriedener Miene.

Ich versteife mich und Bilder von ihr, wie sie das mit zahllosen anderen tut, gehen mir durch den Kopf. Sie ist eine freiheitsliebende, freigeistige Seele, die etwas zu spät geboren wurde, um sich der Hippiebewegung der Sechziger anzuschließen.

„Immer mit der Ruhe, Großer.“ Sie rollt sich herum. „Sei nicht eifersüchtig.“

Ich weiß nicht, wie es ihr immer wieder gelingt, meine Gedanken zu lesen. Verhexte Frau.

„Wie viele?“, würge ich hervor.

Sie legt ihre gute Hand flach auf meine Brust und schwingt ein Bein über meinen Schoß, sodass sie rittlings auf mir sitzt. „Hör mir zu, Titus. Du hast nicht das Recht, das zu fragen.“

„Du hast recht“, sage ich rasch. Ich gehe hier viel zu weit. Ich weiß nicht, warum ich mich dieser Frau gegenüber so verdammt besitzergreifend fühle.

Bei dieser Frau, die nicht beansprucht werden wird.

SUNNY

TITUS DENKT, dass ich diesen Lebensstil aus Frivolität wählte.

Aber die Wahrheit ist, dass er nicht der Einzige ist, der eine Beziehung mit einer Wunde verließ, die sich nie wieder schloss.

Und obwohl ich nie darüber rede, fühlt es sich wichtig an, es ihm zu erzählen.

„Das Einzige, das ich jemals wollte, war, mich niederzulassen und eine Familie zu haben."

Titus schnaubt, aber als er sieht, dass ich es ernst meine, wird er reglos.

„Ich heiratete jung. Gerade mal ein Jahr nach der Highschool. Einen netten jungen Mann. Er war ein Versicherungsfachmann. Er wollte Kinder – mindestens drei. Und er wollte der Brotverdiener sein und mich finanziell versorgen, sodass ich zu Hause bleiben und die Kinder großziehen konnte."

Titus starrt mich ungläubig an, als würde ich einen langen Witz erzählen.

„Ich wollte schon, seit ich mich erinnern konnte, Kinder. Vermutlich seit ich im Alter von drei Jahren Puppen herumzutragen begann, weshalb es perfekt zu sein schien."

Titus spannt sich an. „Was ist passiert?" Es liegt ein warnendes Knurren in seiner Stimme, als würde er gleich zurückgehen und Jack den Kopf abreißen oder so etwas.

„Wir heirateten vor unseren Freunden und Familie in einer Kirche und kauften ein kleines Haus mit zwei Schlafzimmern in Kansas City. Ich kochte und putzte und pflanzte Blumen und wartete darauf, dass ich schwanger wurde.“

Ich sehe, wie das Verstehen auf Titus‘ Gesicht dämmert. Verstehen vermischt mit Entsetzen. Er streichelt mit einer großen, rauen Hand meinen Schenkel hoch. Es ist nicht sexuell – eher als würde er versuchen, mich zu trösten.

„Es hat eineinhalb Jahre gedauert, bis ich endlich schwanger wurde. Und glaub mir, wir haben es versucht. Ich maß jeden Morgen meine Temperatur, zeichnete meinen Zyklus auf. Ich wusste, wann mein Eisprung war. Ich wusste nicht, was nicht stimmte. Die Ärzte konnten nichts finden. Irgendwann wurde ich schwanger.“

„Und du hast es verloren.“ Das Mitgefühl in Titus‘ Blick ist beinahe zu viel zu ertragen.

Ich blinzle rasch. „Größte Enttäuschung meines Lebens“, würge ich hervor.

Er drückt meine beiden Schenkel, dann zieht er mich nach unten, sodass ich auf seinem Körper liege, wo er mich in seine Arme nimmt. „Es tut mir leid, Engel. Das muss schrecklich gewesen sein.“

„Ja. Mein eigener, privater Alptraum. Nach drei weiteren Fehlgeburten konnte Jack es nicht mehr ertragen. Er bat um die Scheidung und warf mich raus. Er heiratete sechs Monate später erneut und seine neue Frau wurde sofort schwanger.“

„Meine Güte, Sunny.“ Titus‘ Stimme bricht leicht.

Ich zucke an seiner Brust mit den Achseln. Die Traurigkeit, die ich so tief in mir vergrub und vor der ich all diese Jahre weglief, kommt an die Oberfläche. Doch dass ich auf Titus‘ kräftiger Brust liege, sorgt dafür, dass sie weniger allesverzehrend wirkt, als sie sich einst anfühlte. „Ich hatte keine Collegebildung. Ich wollte nicht zurück zu meinen Eltern gehen, vor allem weil sie dagegen gewesen waren, dass ich so jung geheiratet hatte. Ich wollte kein *Ich hab es dir ja gesagt* hören.

Eine Freundin von einer Freundin, die sich ihren Lebensunterhalt mit der Schmuckherstellung verdiente, lud mich ein, mit ihr auf Tour zu verschiedenen Kunsthandwerksmärkten zu gehen, und seitdem nehme ich an der Tour teil.“

„Und dann hast du Foxfires Dad kennengelernt? Was ist mit ihm passiert?“

„Johnny. Ja. Er war nicht der Typ, der sich niederlässt und heiratet. Er war ein sehr netter Mann. Zwischen uns funkte es sofort. Wie bei dir und mir.“

Titus‘ Stirn kräuselt sich, aber seine grauen Augen bleiben eindringlich auf mein Gesicht geheftet und er wirft nichts ein.

„Er hatte eine wirklich rückständische Familie. Irgendeine Art Sekte. Und sie erlaubten ihm nicht, die Sippe zu verlassen oder zu heiraten oder irgendetwas. Er war auch Teil der Kunsthandwerkszene und verkaufte Waren. So haben wir uns kennengelernt. Wir schliefen miteinander. Es war sein erstes Mal mit einer Frau und er dachte nicht einmal an Kondome. Ich bestand nicht darauf, weil – nun, ich wusste, dass ich nicht gerade eine Fruchtbarkeitsgöttin bin und er war offensichtlich sauber.“

„Aber du wurdest schwanger.“

„Ja. Wir waren bereits getrennter Wege gegangen, als ich es herausfand, und er fühlte sich schrecklich deswegen. Er redete darüber, seine Sekte zu verlassen, um mit mir zusammen zu leben, aber ich wollte diese Art von Druck nicht. Ich hatte bereits den Lattenzaun und den Brötchen verdienenden Ehemann gehabt und es war fürchterlich. Der Druck, perfekt zu sein, war zu viel, um dem gerecht werden zu können, weißt du?“

Titus‘ Kiefer zuckt. „Ja, aber er hatte eine Verantwortung dem Welpen gegenüber. Ich meine deinem kleinen Mädchen.“

Ich lache. „Hast du sie wegen ihrem Namen Welpe genannt? Das ist so niedlich.“

Titus‘ stahlgrauer Blick bohrt Löcher in mich.

„Er hat sein Bestes gegeben. Er schickte Geld, wenn er es zusammenkratzen konnte, aber er war so arm wie ich. Ich schickte ihm Bilder. Es hat gut geklappt. Ehrlich, es ist wahrscheinlich einfacher, allein ein Kind großzuziehen. Niemand streitet mit dir darüber, wie es erzogen werden soll.“

Titus zuckt mit den Achseln. „Stimmt. Trotzdem kann ich noch immer nicht verstehen, wie ein Elternteil ohne sein Kind leben kann. Das ist unnatürlich.“

Ich neige meinen Kopf und bemerke die Wolken in seiner Aura. „Du hast ihr nie vergeben, dass sie dich verlassen hat, oder?“

Titus versteift sich und seine Bauchmuskeln werden steinhart, als bräuchte er Schutz. Ich streiche mit meinen Fingernägeln leicht über seine Brust und seinen Bauch.

„Nein, das habe ich nicht. Aber sie hat uns nicht einfach nur verlassen. Sie hat mich meinen Job gekostet. Meine Lebensgrundlage. Sie stahl tausende von Dollar von der Firma, für die ich arbeitete, und machte sich dann aus dem Staub."

Ich kann meinen Schock nicht verbergen. „Wow. Der absolute Verrat."

„Genau."

„Ich wette, du hattest das Gefühl, als hättest du sie nicht einmal gekannt, nachdem sie gegangen war."

Er stemmt sich auf seine Ellbogen. „Ganz genau. Woher weißt du das?"

Ich zucke mit den Schultern. „Ich habe die Energie gefühlt. Es tut mir so leid, Titus. Du musst wissen, dass es nichts mit dir zu tun hatte, richtig? Sie ist einfach diese Art von Person. Sie hätte das bei jedem getan."

„Ich war der Idiot, der beschloss, sich mit ihr zu paaren – ich meine, sie zu heiraten."

„Nein. Mach dich nicht zum Übeltäter. Deine Entscheidung führte zu Tank. Wie kannst du das bereuen?"

Titus' Gesicht wird weich. „Du hast recht. Yeah. Absolut." Er fährt mit einer Hand durch seinen Bart. Nach einem Herzschlag sagt er: „Ich verstehe es jetzt."

„Was?"

„Warum du dich nicht niederlässt."

Ich halte die Luft an, weil ich nicht weiß, ob ich seine Beurteilung von mir hören möchte. Das ist normalerweise der Teil, bei dem meine Gefühle verletzt werden.

„Du hattest das Gefühl, als hättest du darin versagt."

Tränen brennen in meinen Augen. Titus hebt eine Hand und umfängt meine Wange. „Aber die Wahrheit ist, Sonnenschein, dass du perfekt warst. Ich weiß, du glaubst, dass das Universum dir Rückendeckung gibt und all diesen Scheiß. Vielleicht wollte das Universum einfach nicht, dass du bei diesem Arschloch festsitzt und bleichgesichtige, schwächliche Kinder großziehst. Das Universum wollte, dass du eine große, mutige, kluge Tochter hast, die so stark und exzentrisch ist wie du."

Ich beäuge ihn. „Ich bin mir nicht sicher, ob das ein Kompliment ist."

„Zur Hölle, ja, das ist ein Kompliment. Du hast einen prima Job gemacht und ein Kind mit Grips, Mut und dem Geist einer Kriegerin großgezogen."

Ich grinse ihn wie eine Idiotin an. Er grinst zurück. Dann knurrt mein Magen.

„Lass uns zurück in die Stadt fahren und etwas zum Mittagessen besorgen, bevor du raus zur Schlucht fährst", schlägt Titus vor.

„Ja, okay." Ich steige von ihm und erlaube dem warmen Leuchten seiner Worte, mich zu umringen. Ich ziehe ein kleines Sommerkleid an und schlüpfe in ein Paar Sandalen. Zum ersten Mal habe ich bei Titus das Gefühl, als wären wir einer Meinung und ich mag wirklich sehr, wie sich das anfühlt.

Titus

NACH DEM MITTAGESSEN setzt mich Sunny bei meinem Cottage ab und fährt zur Brücke zum Arbeiten.

Ich habe noch immer vor, zurückzugehen und in Wolfgestalt die Gegend um Sunnys Wohnwagen zu erschnüffeln, aber ich werde bis heute Abend warten. Es ist

Vollmond. Wenn andere Gestaltwandler in der Gegend sind, sind sie vielleicht unterwegs und auf der Jagd. Ich werde vielleicht finden, wonach ich suche.

In der Zwischenzeit gehe ich in die Stadt, schaue bei den örtlichen Kneipen vorbei und frage nach meinem Kumpel Buzz.

Niemand hat von ihm gehört. Und ich habe auch nicht das Gefühl, als würden sie lügen. Vielleicht hält sich mein Freund nicht mehr in dieser Gegend auf.

Letzten Endes laufe ich über die Plaza. Alles erinnert mich an Sunny. Das Restaurant, in dem wir gemeinsam etwas tranken. Die Stelle, an der ich stand, als ich ihren Autounfall hörte. Das Dach, wo sie meinen Schwanz so schlimm gereizt hat wie noch keine in meinem Leben.

Wohingegen mir diese Gedanken früher auf die Nerven gingen, verspüre ich jetzt nur Wärme für den hübschen Menschen. Von ihrem vergangenen Schmerz zu hören, hat mir alles klar gemacht. Sie ist immer wieder geflohen, um die Abweisung zu vermeiden, die sie von ihrem Ehemann erhalten hat.

Ich will ihm den Kopf einschlagen, obwohl ich so froh bin, dass sie nicht mehr mit ihm verheiratet ist. Dennoch, der Schmerz, den er ihr bereitete. Sie musste sich so unzulänglich und allein gefühlt haben, als er sie rauswarf.

Ein Knurren dringt aus meiner Kehle und die Touristen, die mich gerade passieren, huschen vorbei.

Ich will Sunny zeigen, dass sie keine Angst vor Abweisung haben muss. Sie kann sich wieder niederlassen. Offensichtlich nicht, um eine Familie großzuziehen, aber um in einem echten Haus zu leben. Mit Blumenbeeten.

Und mir.

Warte, nein. Das ist verrückt. Ich bin ein Wolf.

Sie ist ein Mensch.

Beziehungen mit Menschen sind verboten.

Schau dir Garrett an, wispert mein Wolf. Der Sohn meines Alphas, Garrett, nahm sich eine menschliche Gefährtin. Die Ausrede war, dass sie eine Hellseherin ist. Besondere Fähigkeiten hat.

Aber meine Sunny ist auch besonders. Sie mag keine ausgewachsene Hellseherin sein, aber sie hat definitiv eine große Intuition. Sie sah meinen Wolf vor ihrem inneren Auge. Auf irgendeiner Ebene weiß sie, was ich bin. Sie hat in dieser Realität nur keinen Kontext dafür.

Ich finde mich vor dem Schokoladengeschäft wieder, in das Sunny neulich ging, nachdem wir uns gestritten hatten, und ich laufe durch die Tür. Eine fröhliche Glocke, die um den Türgriff gebunden ist, klingelt und Sunnys Freundin vom Yoga sieht mit einem Lächeln auf.

„Oh, hi“, trällert sie. „Du bist Sunnys Freund.“

Ist es komisch, dass ich sauer bin, weil sie nicht gesagt hat, dass ich Sunnys Mann bin?

Definitiv.

„Ja. Ich bin Titus.“

„Adele.“ Sie streckt ihre Hand über die Theke und ich schüttle sie. Der Laden riecht nach Zucker und Schokolade und… dem schwachen Geruch von Coyote.

Bitte sag mir, dass sie nicht einen dieser zwielichtigen Coyoten datet. Adele wirkte viel besser als das. Und das will etwas heißen, da sie ein Mensch ist.

„Was darf es für dich sein?“

Ich lasse meinen Blick schnell über die Glaskästen schweifen. „Was, äh… was mag Sunny von hier?“

Ein breites Grinsen breitet sich auf Adeles Gesicht aus. „Kaufst du ihr ein Geschenk? Ich habe genau das Richtige!“ Sie nimmt eine kleine Schachtel und benutzt die Greifzange, um sie mit vier perfekten kleinen Trüffeln zu füllen. Sie sind wie winzige Kunstwerke. Eigentlich zu hübsch zum Essen. „Die hier wird sie lieben.“ Sie drückt einen Deckel auf die Schachtel und wickelt ein hübsches Band darum.

Ich ziehe meine Brieftasche heraus. „Wie viel?“

„Zehn Dollar, bitte.“

Meine Fresse, zehn Kröten für vier Trüffel. Ich schätze, sie schmecken auch so gut, wie sie aussehen. Aber es ist mir egal. Ich hätte auch fünfzig Kröten für etwas gezahlt, das Sunny das Gefühl gibt, besonders zu sein. Ich reiche ihr einen Zehn-Dollar-Schein und nehme die kleine Schachtel entgegen. „Danke. Das weiß ich zu schätzen.“

Ich nehme das Geschenk und laufe mit federnden Schritten nach draußen. Ich habe vor, Sunny morgen wieder zu sehen.

Heute Nacht werde ich in Wolfgestalt bei ihrem Wohnwagen vorbeischauen und herumschnüffeln, aber sie muss das nicht wissen. Ich hoffe, dass ich mehr Informationen erhalten werde – irgendetwas von Wert – bevor ich meinen Alpha anrufe, um ihm Bericht zu erstatten.

KAPITEL 6

unny

Das langgezogene, schwermütige Heulen eines Wolfes weckt mich in der Nacht auf.

Es ist Vollmond.

Coyoten höre ich die ganze Zeit, aber einen Wolf habe ich noch nie zuvor gehört. Ich weiß nicht einmal, woher ich weiß, dass es ein Wolf ist, aber ich weiß es. Wenn man in einem Wohnwagen lebt, klingt es oft so, als seien die Tiere ganz nah – gerade außerhalb der dünnen Wände. Normalerweise liebe ich es, aber heute Nacht jagt ein Schauder über mein Rückgrat.

Obwohl es draußen warm ist, ziehe ich mir die Decke hoch bis ans Kinn.

Unter meinem Fenster höre ich einen Ast knacken. Das Geräusch von Keuchen.

Oh Göttin, der Wolf ist direkt vor meinem Wagen. Ein echter Wolf, kein Seelentier.

Ich setze mich auf und ziehe den Vorhang beiseite, um nach draußen zu spähen. Das Mondlicht beleuchtet deutlich einen riesigen schwarzen Wolf mit glühenden, bernsteinfarbenen Augen. Er schnuppert am Boden um meinen Wohnwagen.

Mein Herz setzt einen Schlag aus.

Noch ein Wolf heult, weiter weg. Der schwarze Wolf hebt seinen Kopf und stellt die Ohren auf, um zu lauschen. Er steht reglos da, wartet. Lauscht.

Ich halte den Atem an.

Noch ein Heulen, dieses Mal ist es näher.

Der Wolf bleckt die Zähne und knurrt.

Ein silberner Wolf springt aus einem Dickicht in der Nähe und plötzlich sind die Wölfe in einem knurrenden Knäuel miteinander verkeilt.

Ich schreie.

In der Nähe erklingt das Geräusch von Knurr-Bellen und vermischt sich mit denen des Streits, als würden andere Wölfe näher kommen.

Noch ein schwarzer Wolf springt aus dem Unterholz und schließt sich der Rauferei an. Dann zwei weitere.

Ich schreie erneut; dieses Mal stehe ich auf und renne nach draußen. Ich weiß nicht, was ich denke, dass ich tun werde – sie verschrecken vielleicht. Den Kampf stoppen.

Einer der schwarzen Wölfe richtet seine weißen Zähne mit einem Knurren auf mich.

Der silberne Wolf springt mit einem Knurren aus dem Gerangel und landet zwischen mir und dem schwarzen Wolf, den Rücken mir zugewandt. Seine Nackenhaare stehen ihm zu Berge, seine Fangzähne blitzen im Mondlicht auf. Der Laut, der aus seiner Kehle kommt, ist furchterregend.

Und dennoch wirkt es so, als würde er mich beschützen. Was keinerlei Sinn ergibt.

Die anderen vier Wölfe formen einen Halbkreis, wobei sie uns zugewandt sind und knurren. Doch dann setzt sich der Größte hin und stellt sein aggressives Verhalten ein.

Er ist eindeutig der Alpha, denn die anderen drei ahmen sofort den größten Wolf nach und setzen sich hin.

Der silberne Wolf knurrt weiterhin und zeigt seine Zähne.

Er weicht zurück und kommt mir näher, weshalb ich ebenfalls zurückweichen muss. Die anderen Wölfe schauen zu.

Ich kenne mich mit Wolfverhalten nicht so gut aus, dass ich verstehen könnte, was gerade geschieht, aber ich habe definitiv Angst.

Der silberne Wolf weicht noch weiter zurück, bis seine Hinterbeine meine berühren. Dann dreht er sich leicht und rammt mich mit seinem Körper. Als versuche er, mich in den Wohnwagen zu scheuchen.

Und das ist der Moment, in dem ein unerwarteter Name aus mir hervorbricht.

„Titus!"

Ich starre den Wolf an. Ich weiß nicht, was mich dazu bewegt hat, das zu sagen, aber die Energie ist die Gleiche. Dieser knurrende Wolf mit den beeindruckenden Fangzähnen hat die gleiche mürrische, beschützende Art an sich, die auch Titus an den Tag legte, als er mich heute absetzte.

Aber das macht keinen Sinn.

Der große schwarze Wolf steht auf und trottet davon, als sei nichts passiert. Er macht sich nicht einmal die Mühe, zurückzuschauen, als wüsste er, dass der silberne Wolf unter keinen Umständen angreifen würde. Die anderen drei folgen einen Augenblick später und ich lasse einen zittrigen Atemzug entweichen.

„Titus?“, wispere ich.

Werde ich verrückt? Es ist eine Sache, ein Seelentier zu sehen – etwas von der anderen Seite des Schleiers. Es ist eine ganz andere, zu glauben, dass ein echter, realer Wolf das gleiche Wesen ist wie der Mann, mit dem ich vorhin zusammen war.

Der Wolf richtet seine strahlend blauen Augen auf mich.

Mein Magen macht einen Salto.

Es ist derselbe Wolf wie in meiner Vision.

Definitiv.

„Titus?“, versuche ich es erneut.

Und plötzlich sind da blitzschnelle Bewegungen, das Knacken von Knochen und der Mann steht vor mir.

Splitterfasernackt mit erigiertem Penis.

Wunderschön.

Rohe Kraft geht von ihm aus.

Oder ist das Magie? Denn er ist garantiert etwas aus dem magischen Reich, wenn er seine Gestalt nach Belieben verändern kann.

Ich stolpere zurück, da ich plötzlich Angst habe. Ich strecke eine Hand aus, um mich am Wohnwagen abzustützen. „W-was bist du?“

Seine Augen schimmern noch immer strahlend blau,

nicht in dem Schiefergrau, das sie eigentlich sein sollten. Seine Zähne leuchten besonders weiß, seine Fangzähne sind zu lang.

„Geh rein.“ Seine Stimme ist kratzig und rau, als hätte er vergessen, wie man redet.

Ich zittere, auch wenn ich nicht sagen kann, ob vor Angst oder etwas anderem. Vorfreude. Verlangen.

Vermutlich all diese Dinge.

„D-du bist ein Wolf.“

„Yeah.“ Er nähert sich mir, ein raubtierhaftes Funkeln in diesen blauen Augen und ich bin gezwungen, rückwärts gegen den Airstream zurückzuweichen.

„Titus?“

Da wird es mir schlagartig bewusst.

Werwölfe sind echt. Er ist ein Werwolf und es ist Vollmond, was bedeutet…

Oh Göttin, was bedeutet das?

„Was passiert mit dir, wenn Vollmond ist?“ Meine Stimme klingt jetzt so roh und kratzig wie seine.

Er packt den Saum des dünnen Baumwollshirts, in dem ich geschlafen habe, und zieht es mir über den Kopf. „Lass es uns herausfinden.“

Ich bin nackt. Er ist nackt. Die Luft zwischen uns verändert sich, bereit für den ersten Funken.

Der Großteil meiner Ängste verpufft. Falls er mich verschlingen wird, wird er es, glaube ich, nicht auf die großer, böser Wolf Art tun.

„Titus…“

Sein Oberkörper stößt gegen meine Brust, während er mich gegen eine Wand drängt. Ich weiß nicht, was ich von ihm will – eine Erklärung, eine Diskussion. Aber er will nichts davon wissen. Er ist noch immer halb Tier und seine wilde Seite will mit mir spielen.

Okay, na gut. Damit bin ich einverstanden.

Es braucht nur eine einzige Berührung.

Als ich seinen Arm mit meiner guten Hand ergreife, um das Gleichgewicht zu wahren, schlägt er zu. Sein Mund senkt sich für einen glühenden Kuss, seine Arme legen sich unter meinen Po, damit er mich hochheben kann. Er trägt mich zum Bett und fällt mit mir unter sich darauf. Sein Atem weht heiß gegen meinen Hals, während er seinen geöffneten Mund von meinem Ohr zu meiner Schulter zieht. Seine Härte drängt sich zwischen meine Beine und streift die feuchten Lippen meines Geschlechts.

Ein Stoß und er ist in mir – ohne, dass einer von uns den Weg bereiten musste. Er stößt sich rein und raus, wobei er mich nach wie vor küsst und an meinem Hals saugt, meinem Ohr, meinem Mund. Seine Zunge taucht zwischen meine Lippen.

„Titus!“ Das scheint das Einzige zu sein, das ich keuchen kann. Ich schlinge meine Arme um seinen Hals und bewege mein Becken im Einklang mit seinem, wodurch ich ihn tiefer aufnehme und all die gefährliche Leidenschaft entgegennehme, die er mit sich bringt.

Titus ist immer ein grober Liebhaber. Dieses Mal bildet keine Ausnahme, aber da ist eine Veränderung. Diese zugrundeliegende Wut und Frust, die er normalerweise mitbringt, sind fort. Er ist jetzt vollkommen entblößt, es ist nur seine ungehemmte Tierleidenschaft.

Und er verschlingt mich.

Haut klatscht auf Haut, der Wohnwagen schaukelt vor und zurück und quietscht so laut, dass ich befürchte, dass er an den Schrauben auseinanderfallen wird. Überall, wo er mich berührt, erweckt er ein glühendes Bewusstsein. Er stemmt sich auf die Knie und hält meine Hüften fest, hebt und neigt mich im besten Winkel und vögelt mich hart.

Er raubt mir den Atem. Obwohl mein eigenes Verlangen jenseits von Gut und Böse ist, ist mein Körper nachgiebig und geschmeidig und reagiert instinktiv auf seine extreme Aggression. Mein Körper muss wissen, dass es in Schmerz resultieren könnte, wenn ich meinen eigenen Willen durchsetze und versuche, die Action zu lenken. Ich unterwerfe mich, gebe mich den Empfindungen, der Lust und der Eile in meinem Körper, seinem entgegenzukommen, hin. Nehme ihn auf.

Er knurrt. Ich sehe den Wolf erneut, gerade unterhalb der Oberfläche. Nicht den echten Wolf, aber seinen Seelenwolf. Dieses Mal sehe ich es nicht kommen. Seine Zähne bohren sich in meine Schulter in dem Moment, in dem er kommt.

Es tut weh, aber ich nehme es kaum als Schmerz war. Es ist das Gegenteil einer außerkörperlichen Erfahrung. Ich bin so sehr in meinem Körper und werde von heftigen Empfindungen durchströmt. Dieses Erlebnis hat eine Richtigkeit an sich – als gehören seine Zähne im Moment des Orgasmus in meine Schulter. Als sei es irgendein Ritual, das ich im Geheimen schon mein ganzes Leben lang gekannt habe, aber es ist erst jetzt in meinem Bewusstsein erblüht.

Ich komme zum Höhepunkt, meine Augen rollen nach hinten, meine Pussy verkrampft und entspannt sich um seinen Penis.

Und dann schlummere ich ein – surfe am Rand des

Bewusstseins und der Wahrnehmung so vieler Dimensionen.

~

Titus

Der scharfe Geschmack von Blut auf meiner Zunge bringt mich wieder zu Vernunft.

Oh fuck.

Was habe ich getan?

„Baby?“, murmle ich leise und lecke mit meiner Zunge an Sunnys Wunde, um die Heilung zu beschleunigen.

Fuck sei Dank – ich glaube nicht, dass ich eine Arterie getroffen habe. Der Blutverlust ist minimal und die Wunde wirkt nicht zu tief.

Aber ich habe gerade ein Rudelgesetz gebrochen. Zuerst erlaubte ich einem Menschen, meine Verwandlung zu sehen, dann markierte ich sie. Beide Taten sind verboten. Und die ältesten Gesetze würden sogar von mir verlangen, jeden Menschen zu töten, der von unserer Art weiß.

Was offensichtlich nicht geschehen wird.

Aber verdammt. Ich habe es wirklich vermasselt. Mein Alpha wird mir den Kopf abreißen. Ich könnte meine Stellung im Rudel verlieren – erneut.

Erneut wegen einer Frau.

Aber meine Selbstgeißelung hat hier jetzt keinen Platz. Ich muss mich um meine Frau kümmern. Sie ist verletzt und vermutlich verängstigt und verwirrt.

„War das ein Liebesbiss?“, murmelt sie.

„Was?“ Ein ersticktes Lachen purzelt von meinen Lippen. Meine verrückte, brillante Frau. Sie weiß nicht einmal, was sie weiß.

„Ein Liebesbiss? Oder werde ich jetzt zu einem Werwolf werden?“

Ich verkneife mir ein Lachen, lasse mein Gesicht in ihre Halsbeuge sinken und küsse ihren Haaransatz entlang. „So funktioniert es nicht. Wir sind eine andere Spezies. Nicht krank.“

„Ich fühle mich so dumm“, ächzt Sunny. „Ich sah ständig Wölfe und die ganze Zeit dachte ich, sie wären Seelentiere. Als würden die Typen in Motorradclubs ein ähnliches Seelentier haben und dieses sie zusammenführen.“

„Nicht dumm.“ Ich küsse sie noch mehr. „Unglaublich intuitiv. Du hast gesehen, was wir zu verbergen versuchen.“

Sie keucht und drückt mich zurück, sodass sie mich anschauen kann. „Foxfire?“

Ich nicke. „Halb Fuchs. Er hat sich erst manifestiert, als sie Tank kennenlernte.“

Sie schlägt sich die Hand vor den Mund. „Oh Göttin! Wie konnte ich das nicht über mein eigenes Kind wissen?“

„Nicht wissen?“ Ungläubigkeit schwingt in meinen Worten mit. „Du hast sie *Foxfire* genannt. Du wusstest es definitiv auf einer Ebene. Es passte nur nicht in diese Realität, weshalb du nicht wusstest, wie du es kategorisieren solltest.“

Ein Tränenschleier legt sich auf ihre Augen und ich streichle mit dem Daumen über ihre Wange, küsse ihre

Stirn. „Es tut mir leid, dass ich es dir nicht erzählt habe, Sonnenschein. Es ist verboten."

Sie nickt und schluckt. „Ich verstehe. Ja. Ich verstehe es wirklich." Sie blinzelt und ich kann praktisch sehen, wie ihr Gehirn alles, das heute Nacht vor sich ging, durchgeht. „Und diese Wölfe heute Nacht?"

Meine Schultern versteifen sich. „Gestaltwandler. Ich witterte ihren Geruch heute, als ich hier war. Also kam ich zurück, um in Wolfgestalt herumzuschnuppern. Ein ganzes Rudel von ihnen rannte hier herum. Mein Wolf drehte durch aus dem Verlangen, dich zu beschützen."

Ihre Augen werden weich und ihre Mundwinkel heben sich einen Augenblick, bevor sie sich wieder senken. „Meinst du, sie wollten mir schaden?"

Ich rolle mich auf die Seite und ziehe ihren weichen Körper an meinen. Spartacus merkt auf, als würde er sich für die Olympiade vorbereiten. *Ruhig, Junge*. „Nein. Ich dachte, sie wollten das, aber sobald sie sahen, dass ich dich beschützte, zogen sie sich zurück. Und sie hätten mich definitiv ausschalten können. Es waren vier gegen einen und sie hatten die Jugend und den Alphabefehl auf ihrer Seite."

„Du kennst sie nicht?"

Ich schüttle den Kopf. „Es war seit zwanzig Jahren mehr kein Rudel in dieser Gegend von New Mexico. Ich weiß von einem einsamen Wolf in der Gegend und ich habe versucht, ihn aufzuspüren. Aus irgendeinem Grund ist das Rudel, dem wir gerade begegnet sind, nicht öffentlich."

„Also was – gibt es so etwas wie ein öffentliches Verzeichnis der Rudel oder so etwas?"

Ich kann das Glucksen nicht aufhalten, das in mir aufsteigt. Das scheint ein wiederkehrendes Ereignis zu sein, seit ich Sunny markiert habe. Als könne sich mein Wolf jetzt beruhigen und Spaß haben.

Der Volltrottel weiß nicht einmal, dass wir das Paarungsalter längst überschritten haben und er gerade einen Menschen markiert hat, keinen Wolf.

„Nein, aber die Gemeinde ist klein. Rudel sprechen sich mit anderen in ihrer Region ab und halten jährliche Läufe ab, um Paarungen zu fördern. Täten wir das nicht, würde unsere Spezies nicht überleben. Es gibt einfach nicht genug von uns. Herauszufinden, dass hier ein Rudel im Verborgenen lebt, ist also verdächtig."

Sunny berührt die Stelle, an der ich sie markiert habe, und verzieht das Gesicht.

„Das tut mir leid. Es wird nicht noch einmal vorkommen, ich verspreche es."

„Lag es am Vollmond?" Sie blinzelt mich mit diesen großen, naiven Augen an.

Ich zwinge mich zu einem Lächeln. „Ja. Eine Vollmondsache." Es ist nur eine halbe Lüge. Der Vollmond hat definitiv dazu beigetragen, dass ich die Kontrolle über meinen Wolf verloren habe. Ich muss ihr nicht erzählen, was der Biss bedeutet.

Aber das ist dämlich. Wenn sie es Foxfire gegenüber erwähnt, wird ihre Tochter es ihr sicherlich erklären. Der Paarungsbiss hat meinen Geruch in ihrer Haut eingebettet. Dauerhaft. Sie ist als mein markiert und wenn eine Frau erst einmal markiert wurde, wird ihr ihr Gefährte bis ans Ende der Welt folgen, um in ihrer Nähe zu sein. Um sie zu beschützen und für sie zu sorgen. Ob sie ihn nun will oder nicht.

Und in Sunnys Fall weiß ich bereits, dass sie es *nicht* will.

Außerdem ist sie kein Wolf und ich hatte nicht die Erlaubnis meines Alphas, mich mit einem Menschen zu paaren. Das Beste, das ich tun kann, ist so zu tun, als sei es nicht passiert. Sunny würde niemals an jemanden gebunden sein wollen – dafür ist sie viel zu selbstständig. Und sich mit ihr zu paaren, verstößt gegen das Rudelgesetz.

Wenn Sunny herausfindet, was es bedeutet, können sie und ich es besprechen. Aber vorher werde ich es nicht ansprechen.

„Titus?"

„Ja?" Ich streiche ihr die Haare aus dem Gesicht. Ihre Haut leuchtet hell in dem Mondlicht, das durch das Fenster scheint.

Sie ist eine Art Mondgöttin. Reizend, zart, ätherisch. Nicht so recht von dieser Welt.

„Zeigst du mir noch einmal den Wolf? Bitte?"

Ich lächle über die Aufregung in ihrer Stimme. Es ist unmöglich, ihr das zu verwehren.

Dennoch muss ich ihr die Gesetze erklären. „Du sollst es eigentlich nicht wissen, Sonnenschein. Es ist verboten, sich vor Menschen zu verwandeln."

„Bitte? Nur noch einmal? Er ist so hübsch. Ich will die Magie in Aktion sehen."

Ich steige vom Bett und schüttle den Kopf. „Es ist keine Magie. Nur eine andere Biologie." Ich dehne meinen

Hals und verwandle mich, woraufhin ich auf alle viere falle.

Ihr Keuchen stellt etwas mit meinen Lustzentren an. Mein Wolf streckt stolz die Brust raus.

Sie setzt sich auf, glorreich in ihrer Nacktheit. Mein Geruch überall an ihr ist auch glorreich. „Titus“, haucht sie. Ich lege meine Pfoten auf das Bett und mein Kinn auf ihren Schenkel.

„Oh Göttin, du bist wunderschön.“ Sie streichelt meine Ohren und rubbelt über mein Fell. „Unglaublich.“

Ich verwandle mich zurück und lasse mich neben sie auf das Bett fallen. „Jetzt hast du ihn gesehen. Du musst mir schwören, niemals mit anderen Menschen darüber zu sprechen.“

„Ich schwöre es“, haucht sie.

„Meinst du, du könntest versuchen, es dir dem Rudel gegenüber, das du kennst, nicht anmerken zu lassen? Nicht einmal bei Foxfire?“

„Oh!“ Das gefällt ihr nicht. Ich bin mir sicher, dass sie Foxfire eigentlich am liebsten sofort anrufen würde, um das alles zu besprechen. „Nun, natürlich möchte ich dich nicht in Schwierigkeiten bringen. Dann werde ich eben warten, bis sie es mir selbst erzählt. Ich werde niemals erzählen, dass ich sah, wie du dich verwandelt hast. Ehrenwort.“ Sie legt die Hand aufs Herz.

Ich gluckse, nehme ihre Hand und knabbere an einem ihrer Finger. „Wie geht’s deinem gebrochenen Arm? Ich habe dir beim Sex nicht wehgetan, oder?“

„Nein.“ Sie schlingt den eingegipsten Arm um meinen Hals und zieht mich nach unten auf sich. Mein Mund verschmilzt mit ihrem und ich versinke ein weiteres Mal in Lust.

~

Rafe

INTERESSANT.

Ein einsamer Wolf, der in unserem Revier herumstreunt.

Der sich vieren von uns stellt, um eine Menschenfrau zu verteidigen. Ich führe das Rudel zurück zu unserem Lager am Ausläufer des Taos Mountain.

Eine Herde Rehe, die zwischen dem Schulbus und dem Zeltlager liegt, springt in die Höhe und rennt davon, wobei ihnen ihre Kitze auf dürren Beinen folgen.

Verdammt verrückte Rehe. Sie sollten sich nicht in der Nähe einer Wolfhöhle aufhalten. Doch Allison, das Schneewittchen der Außenseiter-Gestaltwandler, lockt jedes nur vorstellbare Lebewesen zu unserem Lager.

Wir verwandeln uns im Vorraum, ziehen Jeans und T-Shirts an, ehe wir in eine große, aber rustikale Hütte treten. Einst war das hier das Winterheim von jemandem. Sie liegt gerade hinter dem Arroyo Seco auf dem Weg hoch zum Skigebiet und ist daher eine gefragte Immobilie. Aber wir fanden sie sogar noch perfekter, um unsere Operation hier einzurichten, und mit unserem Söldnergehalt können wir sie uns leisten.

„Wer zur Hölle war das?“, stellt mein Bruder Lance die offensichtliche Frage.

„Fuck, wenn ich das wüsste. Tourist vielleicht“, mutmaße ich.

„Was macht er mit einem *Menschen*?“, spuckt Deke aus. Er ist halb wild. Jemanden zu töten, ist für ihn ein bisschen zu einfach. Ich behalte ihn stets im Auge für den Fall, dass er durchdreht und gefährlich wird.

„Ich weiß es nicht, aber ich will, dass du und Lance ein Auge auf ihn haben. Ich will wissen, warum er hier ist und wann er geht. Wer die Frau ist. Alles, das ihr in Erfahrung bringen könnt.“

„Willst du, dass ich ihn aufmische?“, bietet Deke hoffnungsvoll an.

Ich schüttle den Kopf. „Nein. Bleibt fürs Erste in den Schatten. Wir wollen nicht, dass sich herumspricht, dass wir hier ansässig sind. Vor allem nicht bei unserem aktuellen Zoo.“

„Verstanden, Boss.“

KAPITEL 7

unny

Ich wache zu dem Geräusch von Metall auf, das außerhalb des Airstreams scheppert. Die Wundheit zwischen meinen Beinen und die Wunde an meiner Schulter rufen mir alles wieder in Erinnerung.

Titus.

Mein Wolf.

Ich schlüpfe in eine kurze, dünne Robe, die mit Rosen übersät ist, und trete nach draußen. In der Luft liegt noch immer der kühle Biss des Morgens und der Geruch von Kiefern und Salbei dringt mir in die Nase.

Titus hat meinen Bus aufgebockt und die Reifen abgenommen.

„Guten Morgen.“ Meine Stimme ist vom Schlaf noch eingerostet, weshalb sie etwas heiser klingt.

Er schaut zu mir und seine Miene ist sanfter, als ich sie jemals gesehen habe. „Guten Morgen, Sonnenschein."

„Was machst du?"

„Deine Reifen rotieren. Einer von ihnen braucht etwas Luft. Ich kann das beim nächsten Mal, wenn wir in der Stadt sind, für dich reparieren."

„Ich weiß, wie man –", setze ich an, doch er bringt mich mit einem finsteren Blick zum Verstummen.

Ich lächle. Okay, er will helfen. Lass ihn helfen. Es ist schön, dass ausnahmsweise mal ein anderer die Last trägt. Ich will mich nur nicht daran gewöhnen. Denn Titus ist bereits zu jemandem geworden, der mir sehr wichtig ist.

Jemand, bei dem es mir wehtun würde, ihn zurückzulassen.

Dann geh nicht.

Das ist das Flüstern, das ich in meinem Kopf höre.

Letztes Mal wusste ich, dass Titus nicht für eine Beziehung bereit war. Und als wir uns an der Brücke über den Weg liefen, glaubte ich noch immer nicht, dass er das war. Doch jetzt?

Nach letzter Nacht, jetzt da er sieht, dass ich ihn als den akzeptiert habe, der er ist? Vielleicht könnte es zwischen uns wirklich funktionieren.

Doch… warte. Es ist ihm verboten, sich mir zu zeigen. Das bedeutet vermutlich auch, dass es ihm verboten ist, eine Beziehung zu haben. Ich öffne den Mund, um danach zu fragen, aber stoppe mich.

Ich bin heute Morgen zu glücklich, noch warm und leuchtend davon, dass ich ihn in meinem Bett hatte. Ich will den Moment nicht ruinieren und diese Sache, die wir haben, beenden.

Ich bin mir sicher, dass alles zu seinem natürlichen Ende finden wird. Ich muss die Dinge nicht beschleunigen.

Allerdings will ich mein Herz nicht dabei verlieren.

Du hast es schon verloren, erzählt mir das Flüstern. Nun, besser geliebt und verloren zu haben, als niemals gevögelt zu haben. Niemals geliebt zu haben. Was auch immer.

Ich schlage mir die Hüfte am Türrahmen an, als ich zurück in den Airstream gehe, um Titus Frühstück zu machen. Glutenfreie Bananen-Walnuss-Pancakes mit frischen Beeren und Sahne. Leider habe ich kein Fleisch im Kühlschrank, aber wenn ich genügend Pancakes mache, befriedigt ihn das vielleicht.

Ich kichere laut, als ich über seinen Appetit nachdenke. Kein Wunder, dass er so viel isst – der Metabolismus eines Wolfs muss jenseits von Gut und Böse sein.

Vierzig Minuten später decke ich den Picknicktisch mit einer hübschen Tischdecke und einem Glas frischer Wildblumen, dann tische ich das Frühstück auf. Titus schiebt sich das Essen enthusiastisch in den Mund. „Das ist gut", sagt er zwischen zwei Bissen. „Wirklich gut."

„Also bist du in Wahrheit in *Wolf*-Angelegenheiten hier?", frage ich.

Er wischt sich mit einer Serviette den Mund ab. „Ja."

„Du wurdest geschickt, um andere Wölfe zu finden?"

„Nicht ganz genau das, aber ja, so was in der Art." Er betrachtet mich einen Augenblick und ich kann seine Gedanken deutlich lesen. Er will es mir erzählen, aber kämpft mit seinem Ehrgefühl. Die Dinge sind für diesen Kerl ziemlich schwarz und weiß.

„Du hast mir bereits so viel erzählt, da kannst du mir

genauso gut die ganze Geschichte verraten“, ermutige ich ihn.

„Foxfires Dad Johnny war Teil eines Forschungsprojektes der Regierung an Gestaltwandlern. Er starb in Gefangenschaft.“

„Was?“ mein Mund klappt entsetzt auf.

„Vor zwei Jahren, als sie herausfanden, dass er ein Kind hatte, wollten sie auch Foxfire holen. Wer weiß, vielleicht waren sie an der Genetik von Halb-Gestaltwandlern interessiert. Diese Kerle, die deinen Airstream auseinandernahmen, gehörten nicht zur Mafia. Das waren Männer, die darauf aus waren, Foxfire zu fangen.“

Eisige Schauer rasen meine Arme hinab und mein Rückgrat hoch. „Aber Tank hat sie beschützt.“ Ich kehre zu den Erinnerungen von vor zwei Jahren zurück und sehe, wie die Puzzlestücke explodieren und sich neu anordnen.

„Das stimmt. Die Rudel haben diese Labore aufgesucht und sie zerstört. Uns ist zu Ohren gekommen, dass eines in dieser Gegend sein könnte, weshalb mich mein Alpha auf eine Mission geschickt hat, um mehr Fakten zu sammeln. Um nachzuschauen, ob ich irgendetwas rausfinden könnte.“

Ich bemühe mich im Allgemeinen, mich in Bezug auf nichts festzufahren. Richtig und falsch, gut und böse sind alle subjektiv. Ich will im Einklang mit allen Dingen sein. Ich will eins mit der Natur und dem Universum sein.

Aber scheiß darauf. Diese Männer töteten einen Mann, den ich mochte, und bedrohten mein Kind.

Sie sind definitiv falsch.

Und das einzig Richtige, das ich hier sehe, ist, alles zu tun, das ich tun kann, um bei der Suche nach Gerechtigkeit und der Rettung anderer Gestaltwandler zu helfen, die in Gefahr sein könnten.

Ich verschränke meine Finger ineinander und beuge mich nach vorne. „Okay, also wonach suchen wir?"

„Wir?"

Ich setze mich aufrechter hin. „Das ist richtig. Diese Leute töteten den Vater meines Kindes und versuchten, sie gefangen zu nehmen. Natürlich werde ich dabei helfen, sie zu finden."

Titus nickt. „Das muss ich respektieren. In Ordnung. Nun, all die Labore wurden an abgelegenen Orten gefunden – Wildnisgebiete im Besitz der Regierung. Die tatsächlichen Labore sind Betonbunker. Sie befinden sich innerhalb eingezäunter Grundstücke mit Wachtürmen und Sicherheitskameras."

Irgendetwas daran kommt mir bekannt vor. Ich habe von so einem Ort im Carson Forest gehört. Wer hat mir nochmal davon erzählt?

Meine Augen weiten sich. „Ich hab's!" Ich stehe so schnell vom Picknicktisch auf, dass ich mit meinen Schenkeln gegen das Holz stoße. „Autsch."

„Langsam, Sonnenschein." Titus fängt meinen eingegipsten Ellbogen ein und stützt mich. „Was ist los?"

„Ich hatte ein Date mit diesem Kerl –"

Titus knurrt so laut, dass es mir Angst macht. Ich meine, ich weiß, er würde mir niemals wehtun, aber mein Körper reagiert instinktiv und ich bleibe wie erstarrt stehen. Die Wunde an meinem Hals pocht.

„Hör auf damit", schimpfe ich, als ich mich von meinem Schreck erholt habe. „Er war ein Idiot und ich ging früh. Du hörst nicht zu."

„Sorry.“ Titus schüttelt den Kopf, als wolle er wieder zu Sinnen kommen. Er läuft um den Tisch, hebt mich an der Taille hoch und vom Picknicktisch weg, als wöge ich nichts. „Erzähl es mir.“

„Ähm… wow. Ich schätze, du besitzt auch übermenschliche Kraft?“

„Jepp. Erzähl weiter.“

Ich lecke mir über die Lippen, da ich von dieser Kraftdemonstration angetörnt bin und vorübergehend den Faden verloren habe. „Oh ja – er erzählte mir, dass er sich draußen im Carson National Forest verlief und auf dieses Gebäude stieß, das aussah, als gehöre es der Regierung. Er war sich sicher, dass sie dort drin Aliens beherbergten. Verschwörungstheorien und so ein Mist. Ich dachte, er wäre ein kompletter Irre und löschte die ganze Geschichte bis jetzt aus meinen Gedanken.“

„Weißt du, wo genau?“

„Nein, aber wir können ihn fragen. Er arbeitet in dem Skischuhgeschäft in der Stadt.“

Titus‘ Stirn legt sich in Falten. „Wer kauft im Sommer Skischuhe?“

Ich lache. „Genau! Ich weiß nicht, warum sie im Sommer nicht schließen. Ich schätze, sie verkaufen genügend T-Shirts und andere Touristensachen, damit sie über die Runden kommen. Wie auch immer, gehen wir!“ Ich staple rasch unser Geschirr und schnappe mir die Tischdecke und Blumen, um sie alle auf einmal zu tragen.

Titus nimmt mir prompt alles aus den Händen und trägt es nach drinnen. Als ich ihn an meinem Waschbecken Geschirr spülen sehe, will ich mich auf ihn stürzen, aber es ist keine Zeit.

„Lass das Geschirr, Wolf-Mann. Lass uns dieses Labor finden!“

Titus dreht sich um und kräuselt die Stirn, während er seinen Blick der Länge nach über meinen Körper gleiten lässt. „Ich hasse es, mich zu beschweren, aber ich denke, Kleider wären eine gute Idee.“

„Oh ja!“ Ich husche an ihm vorbei und er schlägt mir fest auf den Po. „Autsch! Das war Gestaltwandlerkraft!“, sage ich über meine Schulter, während ich in den hinteren Bereich des Airstreams gehe, um mich umzuziehen.

„Nein, das war es nicht.“ Ein Lachen schwingt in seiner Stimme mit. „Baby, ich würde bei dir niemals Gestaltwandlerkraft einsetzen.“

„Das hast du gerade getan!“, rufe ich, während ich in ein Paar Shorts und ein Top mit Nackenträgern schlüpfe. „Ich meine draußen. Du hast mich hochgehoben.“

„Ich meine, ich würde dir niemals wehtun.“ Er poltert durch den Mittelgang, die Brauen zusammengezogen, als wäre er sich nicht sicher, ob ich das weiß.

Ich lege meine Hände – nun, eine ganze Hand, eine halb eingegipste Hand – auf seine Brust. „Ich weiß, Wolf-Mann. Ich necke dich nur. Du solltest das mal versuchen. Das leuchtet deine Stimmung auf… ich meine, hellt sie auf.“

Er runzelt noch immer die Stirn, aber drückt mir einen Kuss auf den Nasenrücken. „Ich habe doch dich, Sonnenschein. Du hellst meine Stimmung fantastisch auf.“ Er packt mich wieder an der Taille, hebt mich hoch und stellt mich auf seiner anderen Seite ab.

„Jetzt gibst du nur an.“

Ich liebe das leise Rumpeln in seinem Glucksen. „Du hast mich ertappt.“

~

Titus

WIR FAHREN auf der Harley in die Stadt, hauptsächlich weil ich Sunnys Körper dicht an meinem spüren muss. Sie schlingt ihre Arme um meine Taille und drückt ihre Brust an meinen Rücken, wobei sie leise summt. Zumindest glaube ich, dass sie summt. Es ist schwer, das über das Röhren des Motors zu hören, aber so fühlt es sich an. Ein leichtes Vibrieren, das direkt in meinen Schwanz schießt.

Ich fahre schon Motorrad, seit ich acht Jahre alt war, aber es ist etwas ganz anderes, wenn Sunny mit auf dem Motorrad sitzt. Sie ist ein Mensch. Verflucht zerbrechlich. Ein Unfall und sie könnte mir genommen werden. Diese Angst wurde mir durch ihren Unfall Anfang der Woche eingeflößt.

Nicht, dass ich jemals in meinem Leben einen Unfall hatte. Meine Reflexe sind schnell und meine Nerven aus Drahtseilen. Aber ich fahre anders, weil ich weiß, dass ich eine wertvolle Fracht auf dem Bike habe. Ich überprüfe die Spiegel zweimal, fahre mit gedrosselter Geschwindigkeit.

Ich kann Sunny nicht sehen, aber ich spüre ihre Freude und das stellt etwas mit meinem Wolf an. Er ist zufrieden, weil sie zufrieden ist. Es ist verrückt, aber wahr. Und die Euphorie, die ich jetzt verspüre, da er sie markiert hat, ist nicht zu leugnen. Wie Bläschen der Freude, die unablässig in mir aufsteigen.

Wir fahren bei der Kneipe vorbei, in der der Scheißkerl arbeitet, wenn er nicht gerade versucht, im Sommer Skistiefel an den Mann zu bringen. Lächerlich. Das Lokal ist jedoch noch nicht geöffnet, weshalb wir zu meinem Cottage zum Duschen fahren und damit ich mich umziehen kann. Als ich aus der Dusche komme, finde ich Gläser mit frischen Blumen auf dem Küchentisch, Wohnzimmertisch, Beistelltisch und der Kommode vor.

Ich lächle und schüttle ungläubig den Kopf. Sunny. Bringt überall, wohin sie geht, Farbe in die Welt. Verrückte, wundervolle Frau.

Ich fange sie um die Taille ein und ziehe sie für einen Kuss zu mir. „Bereit?"

Sie lächelt zu mir hoch und sieht jugendlicher denn je aus. Ich schätze, guter Sex stellt das mit einer Frau an. „Bereit, großer Mann. Gehen wir."

Ich setze ihr wieder meinen riesigen Helm auf und wir fahren zu der Kneipe, obwohl es nicht weit ist. Als wir den Laden betreten, verschlägt es mir beinahe die Sprache, als ich den Vollpfosten sehe, mit dem sie auf ein Date gegangen ist. Groß, dünn. Verschlagen. Arroganter, kleiner Scheißer. Aber das spielt keine Rolle. Er ist keine Konkurrenz. Das hat sie deutlich gemacht.

„Larry, hi!" Sie winkt, während wir zu ihm laufen. Er ist hinter der Bar und schaufelt Eis in Eiskübel.

„Oh, hey, Sunny." Er bedenkt mich mit einem skeptischen Blick.

Gut. Er sollte definitiv wissen, dass sie beansprucht wurde.

„Hey, wir haben eine Frage an dich."

Es ist überraschend, wie dankbar ich dafür bin, dass sie *Wir* nicht *Ich* gesagt hat.

„Erinnerst du dich noch an dieses Regierungsgebäude, über das du im Carson Forest gestolpert bist?"

Seine Miene hellt sich auf, als sei das eine Geschichte, die er gerne erzählt. „Das Alien-Forschungszentrum? Definitiv. Was willst du darüber wissen?" Er schaut mit neuem Interesse von Sunny zu mir.

„Wir würden gerne auf dem Motorrad rausfahren und uns dort umsehen."

Er schüttelt autoritär den Kopf. „Dort kommt ihr auf keinen Fall rein. Ich sage euch, da sind Wachtürme und Kerle mit Maschinengewehren bemannen sie. Es ist wahnsinnig sicher." Er sieht aus, als wolle er sich in die Erzählung der ganzen Geschichte stürzen, weshalb ich ihm das Wort abschneide.

„Wegbeschreibung, Mann?"

„Ich glaube nicht, dass ihr dort rausgehen wollt. Das ist die Art von Ort, von dem Leute nicht zurückkommen."

„Damit könntest du recht haben", sage ich. „Aber ja, wir wollen definitiv dort rausfahren. Kannst du uns eine Wegbeschreibung geben?"

Er beugt sich nach vorne auf seine Unterarme und startet eine begeisterte Beschreibung, wie man dorthin gelangt. Ich kann es nicht leiden, wenn Leute bei Wegbeschreibungen zu viele Informationen geben – das trübt das Bild und macht es schwieriger, sich an die auffälligen Punkte zu erinnern. Dieser Kerl tut genau das. Er beschreibt jede Abbiegung sehr detailreich.

Ich schnappe mir den Stift und Bestellblock aus seiner

Vordertasche und lege sie zwischen uns auf die Theke. „Zeichne eine Karte“, befehle ich, wobei ich das Timbre eines Alphabefehls benutze.

Und tatsächlich funktioniert es. Er hält den Mund und zeichnet die Karte, wie ich es verlangt habe. „Seid aber vorsichtig. Hey – schaut hier vorbei, wenn ihr zurück seid, damit ich weiß, dass ihr in Sicherheit seid. Auf diese Weise könnt ihr, falls sie euch gefangen nehmen, erzählen, dass jemand weiß, wo ihr seid und an die Öffentlichkeit gehen wird, wenn ihr nicht zurückkommt.“ Er sieht sehr zufrieden mit sich und dieser Lösung aus, weshalb ich nicke.

„Ja, klar. Danke.“ Ich wedle mit dem Blatt, auf dem die Karte aufgezeichnet ist.

„Bye, Larry“, ruft Sunny fröhlich und ich bin nicht einmal ein winziges bisschen eifersüchtig. Dieser Kerl könnte unter keinen Umständen für sie attraktiv sein.

Dennoch schiebe ich einen Arm um ihre Taille, als wir nach draußen laufen, und mache meinen Anspruch auf sie deutlich.

Draußen beim Motorrad fange ich Sunnys Kinn ein. „Ich glaube nicht, dass du mitkommen solltest.“

„Nix da. Ich bin auch dabei. Meiner Tochter und ihrem Vater wurde von diesen Typen geschadet. Ich verlange Gerechtigkeit.“ Sie verschränkt die Arme vor ihrer Brust und reckt das Kinn. „Außerdem sind wir nur ein Paar Turteltäubchen, das eine Spazierfahrt unternimmt, stimmt’s?“, sagt sie strahlend. „Ich bin deine beste Tarnung.“

Sie hat recht. Aber ich hasse die Vorstellung, sie in die Nähe von Gefahr zu bringen. Ich werde es nur auskundschaften. Falls es das ist, was dieser Typ beschreibt, werden wir gehen und ich werde zu Hause in Wolf Ridge Verstärkung anfordern.

Ich setze ihr den Helm auf den Kopf und schwinge ein Bein über das Motorrad. „Steig auf, Baby. Dann wollen wir mal schauen, was wir finden können."

~

Sunny

Larrys Karte ist beschissen und wir brauchen fast eineinhalb Stunden, in denen wir Wege immer wieder zurückfahren, bis wir die unmarkierte Straße finden, die er beschrieb, aber irgendwann finden wir sie. Titus versteckt die Harley hinter einem Felsen und wir wandern zu Fuß weiter. Er hält meine Hand und schwingt unsere Arme hin und her, als wären wir auf einem Picknick oder einem Date.

Die Wanderung dauert ungefähr eine halbe Meile und dann scheint die Straße einfach zu stoppen.

Hier ist nichts.

Titus dreht sich im Kreis. „Falsche Straße?"

Die Härchen in meinem Nacken richten sich auf. „Nein", murmle ich. „Ich spüre hier etwas Böses."

Er zieht seine Brauen hoch.

Ich bin an Menschen gewöhnt, die denken, dass ich irre bin, wenn ich solche Dinge sage, weshalb ich nur mit den Achseln zucke, aber er scannt die Bäume aufmerksamer. „Aus welcher Richtung?"

Die Freude darüber, dass mir jemand glaubt, sorgt dafür, dass etwas in meiner Brust flattert. Ich schließe die Augen, um die Energie zu fühlen. Sie strahlt mir von vorne entgegen. Ich öffne die Augen und deute. Definitiv diese Richtung.

Titus bewegt sich ohne einen Kommentar in diese Richtung. Wir laufen in den Wald, wo es keinen Pfad gibt, dem wir folgen können, nichts. Es macht keinen Sinn, dass ein Labor hier draußen sein soll, hinter der Straße. Die Art von Labor, die Larry beschrieb, würde einen großen Parkplatz mit vielen Autos erfordern. Nicht eine Schotterstraße, die in einer Sackgasse mündet, und eine Wanderung in einen Wald ohne Pfade.

Ich beginne, an meiner Intuition zu zweifeln. „Vielleicht irre ich mich. Das hier macht überhaupt keinen Sinn."

Titus schüttelt den Kopf. „Ich glaube nicht, dass du dich irrst." Er dreht sich zu mir und macht sich daran, seine Kleider auszuziehen.

„Oh! Okay." Ich habe die Romantik in diesem Moment nicht unbedingt gespürt, aber mit Titus bin ich immer dafür zu haben. Seine Leidenschaft steckt meinen Körper in Brand. Ich fange an, mein eigenes Shirt auszuziehen und er erstarrt.

„Was machst du denn?" Er ist jetzt komplett nackt und sein muskulöser Körper wird wie ein Kunstwerk zur Schau gestellt.

„Ähm…" Ich lege meinen Kopf zur Seite. „Was machst du?"

Er legt den Kopf in den Nacken und lässt ein dröhnendes Lachen verlauten, wegen dem sämtliche Vögel aus den Bäumen auffliegen. „Oh, Baby. Ich würde dich jetzt wahnsinnig gerne an einem Baum nehmen, aber ich wollte mich eigentlich verwandeln und herumschnüffeln. Ich kann besser riechen, wenn ich in Wolfgestalt bin.“

Oh.

Mein Gesicht wird warm. „Richtig. Stimmt. Hab’s kapiert.“

Titus schlendert zu mir, sein Glied steht stramm. „Warum musstest du hingehen und mir die hier zeigen?“ Er umfängt eine meiner kleinen Brüste und reibt mit dem Daumen über die Brustwarze.

Ich winde mich und bin bereits feucht für ihn. „Titus, nicht. *Geh*!“ Ich deute in die Richtung des Bösen.

Er gluckst abermals. „Verschieben wir es auf ein andermal?“ Er streicht mit seinen Lippen über meine.

Ich stöhne. „Definitiv.“

„Bleib hier. Beweg dich nicht.“ In einem Wirbel aus Bewegungen wechselt er in die Wolfgestalt und seine vier riesigen Pfoten landen auf der Erde.

Ich schaue staunend zu, wie er davontrottet, die Nase auf dem Boden, und den Gerüchen folgt. Hübsches Wesen. Einen Augenblick fühle ich mich geehrt, dass er mir seinen Wolf gezeigt hat. Dass er mir sein Geheimnis anvertraut hat. Dass ich Teil dieser fremden und geheimen Gemeinschaft sein darf, in der er und meine Tochter leben. Es ist ein Privileg, das steht fest.

Er verschwindet aus meinem Sichtfeld und ich warte, lausche auf die Geräusche im Wald um mich herum. Einige Minuten später höre ich ein Pfeifen.

„Sunny! Komm her und sieh dir das an“, höre ich Titus rufen.

Ich lasse Titus‘ Kleider und Stiefel zurück und jogge in die Richtung seiner Stimme. „Titus?“

„Hier drüben.“

Ich muss um einen riesigen Felsen gehen, damit ich ihn – in all seiner nackten Pracht – am Rande einer Klippe finde.

Ich keuche. Unter uns, von natürlichen Felszungen vor der Sicht aus der Vogelperspektive geschützt, steht ein Betonbunker. Auf der anderen Seite ist der erhöhte Wachturm und eine andere Schotterstraße, die zu etwas führt, das wie eine Tiefgarage wirkt.

„Das ist es!“ Titus‘ Augen leuchten in dem strahlenden Blau seines Wolfs. Seine Aura ist kräftig orangerot. Er ist bereit für den Kampf. „Ich sehe oder höre niemanden, aber ich gehe näher. Bleib hier und behalte alles im Auge, okay?“

„Sei vorsichtig, Titus.“

„Das werde ich sein.“ Er verwandelt sich und landet bereits im Laufen auf allen vieren.

Von meinem Standpunkt aus kann ich ihn die ganze Zeit beobachten. Er läuft etwas zurück und dann weiter den steilen Abhang hinab, wobei er von Fels zu Fels springt, bis er zum Fuß des Abhangs gelangt. Dort bleibt er geduckt in den Schatten und schnüffelt die Grenze ab.

Ich wünschte, ich hätte ein Fernglas bei mir. Ich kann mir nicht sicher sein, aber ich glaube nicht, dass ich irgendjemanden in dem Wachturm sehe.

Ich bin überrascht, als ich sehe, dass Titus direkt dorthin rennt, wo die Eingangstür zu sein scheint. Als er reingeht, renne ich hinter ihm her. Auf keinen Fall lasse ich ihn allein in diesen Laden gehen.

Ich schlittere und rutsche den Abhang nach unten, dann klettere ich langsam den Felsen hinab. Es ist nicht annähernd so leicht, wie es bei Titus aussah. Es dauert nicht lange und ich klettere buchstäblich ohne Sicherung in den Felsen und es macht mir eine Heidenangst.

Steine rutschen unter meinen Füßen weg und purzeln auf den Boden weit unter mir, womit sie mich warnen, dass ich viel zu weit oben bin, um einen Sturz aushalten zu können. Ich bewege einen Fuß. Eine Hand. Versuche, den besten Weg nach unten zu finden.

Fuck, das ist mit meinem eingegipsten Arm vollkommen unmöglich. Ich schaue wieder nach oben, dorthin, woher ich kam.

Mist. Ich glaube nicht, dass ich diesen Weg wieder hochgehen kann. Und ich kann auch nicht weiter nach unten. Ich wimmere.

„Sunny!“

Erleichterung durchströmt mich beim Klang von Titus‘ Stimme unter mir. Ich wage es allerdings nicht, mich umzudrehen, um nachzuschauen. Ich bin erstarrt und klammere mich mit aller Kraft an die Felsen. Meine Gliedmaße zittern und meine Finger werden vom Schweiß glitschig. „Sunny, schau mich an.“

Langsam, ganz langsam, drehe ich meinen Kopf, um über meine Schulter und nach unten zu schauen. Titus ist direkt unter mir, ungefähr acht Meter entfernt. Er streckt seine Arme aus. Er ist noch immer nackt. Ich weiß nicht, ob ich mich je daran gewöhnen werde.

„Lass los, Baby. Ich werde dich auffangen.”

Ich zögere nicht einmal. Ich vertraue diesem Mann vollkommen und ich bin definitiv gewillt, seine Hilfe anzunehmen. Ich lasse los und falle, wobei ich kreische, als der Wind über meine Haut rauscht. Ich krache mit einem dumpfen Knall gegen Titus, aber er packt mich und geht leicht in die Knie, schwingt mich herum, um den Sturz abzufangen. Ich schlinge meine Arme um seinen Hals und küsse seine Wange.

„Du hast mich gerettet!“, hauche ich.

„Da bin ich mir nicht so sicher“, sagt er mit einem Glucksen. „Aber was in drei Teufels Namen hast du da gemacht, kleine Dame? Ich werde den Hintern rotfärben, weil du mir so eine Scheißangst eingejagt hast.“

Ich sauge sein Ohrläppchen zwischen meine Lippen und gebe es mit einem Plopp frei. „Versprochen?“

Er stellt mich sachte auf die Füße und schlägt mir ohne irgendeine Kraft auf den Po. „Niedlich, Baby. Sehr niedlich.“

Ich drehe mich um, schaue zu dem Gebäude und reiße die Augen weit auf. Da sind keine Türen. Tatsächlich wirkt es, als wäre dort, wo die Türen einst waren, eine Bombe explodiert. „Was ist passiert? Ist das Gebäude leer?“

Er nickt. „Ja, aber das war definitiv ein Gestaltwandler-Labor. Ich rieche hier überall komische Gestaltwandler-Gerüche.“

„Was ist ein komischer Gestaltwandler-Geruch?“

Er nimmt meine Hand und führt mich zu dem Gebäude. „Unidentifiziertes Tier. Sie experimentierten damit, Menschen zu Gestaltwandlern zu machen. Genetische Modifikationen und so ein Scheiß. Experimente, die nicht immer funktionierten. Es gib da diese Typen aus einem Labor in Kalifornien, die einfach nur… verrückt sind. Einer ist eine Eule, glaube ich. Die anderen zwei –

ich weiß es nicht einmal. Irgendein Tier aus der Familie der Canidae?“ Er schüttelt den Kopf. „Es ist verdammt tragisch.“

„Oh meine Göttin.“

„Yeah. Es ist ein Wunder, dass sie überhaupt noch wissen, wie man lebt nach allem, das sie durchgemacht haben.“

Wir stoppen am Eingang. „Was denkst du, ist hier passiert?“

„Es sieht so aus, als wäre dieses Labor bereits ausgeschaltet worden, aber nicht von uns. Es geschah jedoch offensichtlich durch Gewalt.“

„Ja.“

Wir betreten die Dunkelheit, was Titus nicht im Geringsten zu stören scheint.

„Bist du dir sicher, dass niemand hier ist?“

Er drückt meine Hand. „Positiv. Ich dachte, du würdest dich vielleicht umsehen wollen, aber wir können auch wieder rausgehen, wenn du Angst hast. Ich werde später zurückkommen, um alles richtig zu durchsuchen und herauszufinden, ob es noch weitere Hinweise gibt. Nach dem zu urteilen, was ich bisher gesehen habe, wurde alles ausgeräumt und zerstört. Hier sind keine Geräte, Daten, Akten, irgendetwas. Es ist nur ein leerer, ausgebrannter Bunker mit Käfigen und Gefängniszellen.“

Ich erschaudere, das Gefühl der Verzweiflung, des Schreckens und Bösen zieht aus jeder Ecke an mir. Hier hängen Wesen herum – vermutlich Geister der verstorbenen Versuchspersonen, aber mich gruselt das Ganze zu sehr, um sie zur Kenntnis zu nehmen und zu fragen.

„Ja, lass uns gehen. Ich kann ohnehin nichts sehen.“

Titus stoppt. „Oh Scheiße. Richtig. Es tut mir leid, Baby. Ich vergaß.“

Wir laufen den Weg zurück, den wir gekommen sind, und ich bin erleichtert, als wir ins Licht treten.

Bis ich drei Männer in Schwarz nach vorne treten und Gewehre auf uns richten sehe.

KAPITEL 8

itus

Ein Knurren entreißt sich meiner Kehle und ich verwandle mich, bevor ich überhaupt die Gelegenheit zum Nachdenken habe. Das Bedürfnis, Sunny zu beschützen, ist zu groß. Mein Wolf rammt sie, um sie hinter mich zu schieben.

Mein Gehirn funktioniert noch nicht – ich bin komplett im Kampfmodus und bereit, ihnen die Kehlen zu zerfetzen.

Einer von ihnen lacht, als würde er es genießen, mich zu töten.

Ein anderer tritt nach vorne. „*Verwandle dich, Wolf.*" Die Worte dringen in meinen Körper und vibrieren durch diesen. Es liegt ein Alphabefehl in ihnen. Er erlangt meine Aufmerksamkeit, auch wenn ich nicht gewillt bin, zu gehorchen.

Er hilft jedoch dabei, mein Gehirn wieder in Gang zu setzen.

Gestaltwandler.

Diese Männer sind Gestaltwandler.

Was nicht unbedingt bedeutet, dass sie freundlich sind. Aber ihre Gerüche sind vertraut. Das sind die Wölfe, die bei Sunnys Wohnwagen waren.

„*Verwandle dich, Wolf*“, wiederholt er.

Ich verwandle mich und bin jetzt ruhiger. Etwas besser in der Lage, zu denken. Dennoch schiebe ich meinen Körper vor Sunnys, um sie vor ihnen abzuschirmen.

„Was macht ihr hier?“, verlangt der Alpha zu wissen.

Ich verenge die Augen zu Schlitzen, unsicher, wie viel ich sagen soll.

Sunny tritt hinter mir hervor, die Hände in die Hüften gestützt. „Wir wissen, was ihr im Schilde führt!“, behauptet sie. „Wir wissen es und wir sind nicht die Einzigen. Ihr experimentiert mit Gestaltwandlern. Entführt sie. Spürt ihre Kinder auf. Wir werden euch nicht damit durchkommen lassen.“

Der Alpha zieht eine Augenbraue hoch.

„Sunny“, sage ich mit leiser Stimme. „Diese Kerle sind die Wölfe, die wir gestern Nacht vor deinem Wagen sahen.“

„Oh.“ Ihre Augen weiten sich und sie tritt zurück an meine Seite. Ich lasse einen Arm um ihre Schultern fallen und ziehe sie an mich. „Nun, was macht ihr dann hier?“

Die Lippen des Alphas zucken. Er hat schwarze Haare und die glatte dunkle Haut eines amerikanischen Ureinwohners. Einer der anderen Männer sieht ihm ähnlich, als seien sie miteinander verwandt. Er ist jung für einen

Alpha – Anfang dreißig, höchstens. „Ich habe zuerst gefragt.“

„Richtet diese Waffen von meiner Frau weg“, verlange ich, obwohl ich zahlenmäßig und waffentechnisch unterlegen bin. Sie sind Wölfe. Sie sollten wissen, dass ein verpaarter Wolf vor nichts Halt macht, um seine Frau zu beschützen und mein Paarungsgeruch ist überall auf Sunny. Selbst wenn das bedeutet, dass ich es mit drei viel jüngeren und gut bewaffneten Wölfen aufnehmen muss.

Der Alpha nickt kaum merklich mit dem Kopf und sie senken die Waffen. „Rede.“

„Ich wurde hergeschickt, um Informationen zu diesem Labor zu sammeln. Unserem Rudel kam zu Ohren, dass hier in New Mexico noch immer ein Labor im Einsatz sei. Anscheinend wurde es bereits geschlossen.“

„Dein Rudel hat einen alten Wolf und eine Menschenfrau geschickt, um ein Labor auszuschalten?“, fragt einer der Kerle spöttisch.

Ich ziehe meine Lippen hoch und knurre in seine Richtung.

„Was weißt du über Labore wie dieses?“, fragt der Alpha.

Ich studiere die Wölfe etwas genauer und mir wird mulmig zumute. Sie mögen Gestaltwandler sein, aber sie benehmen sich wie Leute vom Militär. Wie Nash, der Gestaltwandler aus dem Labor außerhalb von San Diego. Sie haben die Haltung von Soldaten – die Schultern gestrafft, die Brust rausgestreckt. Riesige Muskeln wölben sich unter ihren schwarzen T-Shirts. Die Waffen, die sie bei sich tragen, sehen nicht wie Zivilwaffen aus, nicht dass ich viel über Gewehre weiß. Und sie wissen definitiv mit ihnen umzugehen. Anders als Diebe, die sich selbst große Gewehre auf dem Schwarzmarkt gekauft haben. Sondern wie Profis, die Waffen mit Respekt und Sorgfalt behandeln.

Könnte es sein, dass diese Männer für die Regierung arbeiten? Könnten sie tatsächlich Teil des Programms sein? Vielleicht ein Resultat davon?

Ich kneife die Augen leicht zusammen. „Was wisst ihr?“, entgegne ich.

Er betrachtet mich lange Zeit. „Ich weiß, wer dieses Labor zerlegt hat.“ Sein Blick bohrt sich direkt in meinen.

Ich entspanne mich. „Ihr habt das getan?“

Er nickt einmal.

„Ich weiß, wer Labore wie dieses in Kalifornien und Utah ausgeschaltet hat“, informiere ich ihn.

Wieder das ruhige Nicken. „Dein Rudel?“

„Erweitertes Rudel, ja.“

„Also weißt du, was sie hier gemacht haben? Diese Data-X-Firma?“ Er hebt sein Kinn in die Richtung des Gebäudes.

„Leider ja. Gab es… Überlebende?“

Er betrachtet mich noch einen langen Moment, als würde er noch immer abwägen, ob er mir vertrauen könne. „Ja. Und sie brauchen eine Bleibe. Wir können sie hier nicht auf lange Sicht versorgen. Taos ist viel zu klein.“

Ich streiche mit einer Hand über meinen Bart. „Ich werde mit meinem Alpha reden, aber ich bin mir sicher, sie können in Arizona untergebracht werden – entweder in Tucson oder Phoenix oder beiden. Es gibt eine Menge Platz und Arbeit, falls sie Asyl suchen.“

Der Alpha tritt nach vorne und streckt seine Hand aus. „Rafe Lightfoot."

„Titus Brown. Das ist Sunny Hines. Der Vater ihrer Tochter wurde in einem der Labore getötet."

„Dein Verlust tut mir leid", sagt Rafe, während er ihre Hand schüttelt. An mich gewandt sagt er: „Frag bei deinem Alpha nach. Ich werde diese Gestaltwandler niemand Neuem aussetzen, außer ich habe die Bestätigung, dass sich um sie gekümmert werden wird."

Ich nicke zustimmend und ziehe mein Handy raus.

Der Gestaltwandler, der sich vorhin über mich lustig gemacht hat, schnaubt und ich realisiere schnell warum. Es gibt hier draußen keinen Handyempfang. Null Striche.

„Gib mir deine Handynummer", sage ich zu Rafe.

Er rührt sich nicht. Seine Fähigkeit, vollkommen reglos zu bleiben, ist nervenaufreibend. Derjenige, von dem ich mir ziemlich sicher bin, dass er sein Bruder sein muss, hat die Fähigkeit ebenfalls gemeistert. „Wir treffen uns. Ramirez Bar um sechzehnhundert Uhr."

Falls ich noch irgendwelche Zweifel an ihrem militärischen Hintergrund hatte, so sind sie jetzt verschwunden. „Wer seid ihr?", verlange ich zu wissen.

„Wir sind niemand", antwortet er. „Und ich werde euch bitten, zu vergessen, dass ihr uns jemals begegnet seid, wenn das hier vorbei ist."

Ich zucke mit den Achseln. Damit kann ich leben. Wenn sie eine Art Geheimorganisation sind, die von der Regierung finanzierten Gräueltaten ein Ende setzt, werde ich nicht protestieren. „Sechzehnhundert Uhr. Ramirez Bar."

„Richtig. Wir können euch zurück zu deinem Motorrad

bringen, da deine Frau einige Schwierigkeiten hatte, die Felsen zu überwinden.“

Er sagt es milde, also fasse ich es nicht als Beleidigung auf, aber dann sagt der Gestaltwandler, der von Anfang an ein Arsch war: „Du solltest auch deine Nase überprüfen lassen. Du weißt schon, dass du einen Menschen markiert hast, oder?“

Ich denke nicht nach. Ich knurre nur und stürze mich auf ihn, aber die zwei anderen fangen mich auf und ziehen mich zurück. Sie sind so stark, dass sie mich halten können, aber ich wehre mich, bis Sunny vor mich schlüpft und ihre Handfläche auf meine Brust legt. Mein Wolf beruhigt sich augenblicklich.

„Beachte Deke nicht“, murmelt Rafe. „Er ist immer auf einen Kampf aus.“

Dekes Lachen ist leicht wahnsinnig. Okay, der Typ hat ein oder zwei Schrauben locker. Nicht mein Problem.

Ich fahre einen Gang runter und sie lassen mich los.

„Erwähne meine Frau nochmal und du bist tot“, warne ich ihn.

Er grinst von einem Ohr zum anderen und zwinkert doch tatsächlich.

Verrückter Dreckskerl.

Sunny hat noch immer ihre Hand auf meiner Brust und drückt mich nach hinten, weshalb ich meinen Fokus auf sie verlagere. Wo ich ihn ohnehin haben möchte.

Der andere Mann streckt seine Hand aus. „Lance, ich bin Rafes Bruder.“ Noch ein Gestaltwandler weniger Worte.

Ich schüttle seine Hand und nicke. Sunny streckt ihre

mit diesem breiten Lächeln aus. Keiner von uns reicht Deke die Hand.

Wir laufen raus zu einem Fahrzeug, das vermutlich so viel wie ein kleines Haus gekostet hat. Es ist die Mercedes Version eines Hummers. Ich will ihn hassen, aber ich muss zugeben, dass er ziemlich genial ist.

„Hier, Mann, ich will deinen nackten Arsch nicht auf meinen Sitzen.“ Deke wirft mir ein Handtuch zu und ich wickle es mir um die Taille.

Sie fahren uns hoch und aus der Mini-Schlucht und um diese herum zu der Sackgasse, wo wir die Harley zurückließen und meine Kleider nur einen kurzen Spaziergang entfernt sind.

„Wir sehen uns heute Abend“, sage ich, während ich aussteige und Sunnys Hand nehme, um ihr nach unten zu helfen.

„Jepp.“

KAPITEL 9

unny

Ich lehne meinen Helm an Titus‘ Rücken und gehe gedanklich durch, was gerade passiert ist.

Die Sticheleien zu hören, die dieser Idiot Titus wegen mir an den Kopf geworfen hat, hat mich wütend gemacht. Nicht wegen mir, sondern um Titus‘ willen. Kein Wunder, dass er sich für mich so *unverfügbar* anfühlte. Meine Instinkte lagen nicht falsch. Wir sind buchstäblich eine andere Spezies.

Und seine Art verspottet ihn dafür, dass er mit mir zusammen ist.

Vielleicht ist eine Beziehung unmöglich, obwohl wir uns so stark zueinander hingezogen fühlen und uns so wichtig sind.

Doch daran will ich jetzt nicht denken, weshalb ich den Gedanken aus meinem Kopf verdränge. Titus ist noch immer wegen eines Auftrags hier und ich beabsichtige, ihm damit zu helfen. Danach können wir reden.

Wir fahren zurück zu Titus' Cottage und er ruft seinen Alpha an, um Bericht zu erstatten. Ich bemühe mich, nicht zu lauschen, aber ich bemerke, dass er nur *Ich* sagt.

Nicht *Wir*.

Er hat meine Beteiligung überhaupt nicht erwähnt.

Würde er in Schwierigkeiten geraten?

Oder tut er es eher aus… Scham? Als wären wir in der Highschool und es nicht cool, sich mit der Verrückten abzugeben.

Dem Mädchen, das ich in der Highschool mit aller Kraft verleugnet habe, damit ich das Herz und die Hand von Jack erobern konnte.

Sind wir wie ein gemischtrassiges Paar vor einhundert Jahren, bei dem er mich im Privaten mag, aber in der Öffentlichkeit nicht mit mir gesehen werden will?

Damit bin ich nicht einverstanden. Ich habe eine Weile gebraucht, aber ich habe akzeptiert, wer ich bin. Ich will nicht mit jemandem zusammen sein, der nicht mit dem ganzen Paket einverstanden ist. Samt der menschlichen Gene und allem.

Doch als Titus sein Telefonat beendet und seinen muskulösen Arm von hinten um mich legt, um meinen Hals zu küssen, schmelze ich dahin.

Nur ein kleines bisschen länger. Ich bin noch nicht bereit, ihn zu verlassen. Der Sex ist zu gut. Sich umsorgt und beschützt zu fühlen, ist zu köstlich.

Ich werde mich an meinen Plan halten, das Ganze bis zum bitteren Ende durchzuziehen.

„Mein Alpha hat angeboten, sie alle aufzunehmen“, sagt Titus, dessen Lippen nach wie vor auf meinem Hals liegen. „Ich werde einen Bus mieten, um sie alle nach Arizona zu bringen, falls sie dorthin möchten. Willst du mitkommen? Du könntest in Tucson einen Stopp einlegen und die Kinder besuchen?“

Es liegt nicht daran, dass ich noch nicht dafür bereit bin, dass das hier vorbei ist, dass ich *Ja* sage.

Ganz und gar nicht.

Und ich freue mich immer darüber, Foxfire zu sehen. Ich rufe sie an, um ihr die Neuigkeiten zu erzählen. Ihr nicht zu berichten, was ich über sie weiß, bringt mich allerdings um.

„Hi, Sunny!“, geht sie ans Telefon.

„Foxfire, Schatz! Wie geht’s dir?“

„Mir geht’s gut. Wie fühlst du dich?“

„Viel besser, Schatz. Meine Blutergüsse verblassen und der Arm tut überhaupt nicht mehr weh. Titus kümmert sich gut um mich.“

„Also ist er noch immer bei dir?“

„Ja, er ist noch hier. Und ich werde mit ihm zurück nach Arizona fahren, wenn er in den nächsten Tagen aufbricht. Ich will euch beide besuchen.“

„Klingt gut, Sunny. Ich habe auch gute Nachrichten für dich.“

Ich keuche und mein Herz schlägt einen Purzelbaum. „Oh, bei der Göttin, bist du schwanger?“

„Nein, nein, nein, nein, nein. Sunny, nein. Ich habe dir doch gesagt, dass wir es nicht einmal versuchen. Aber es geht um ein Baby.“

„Welches Baby?“

„Erinnerst du dich an Jordy, die Schwester meines Dads aus Utah?“

„Ja, natürlich. Ich habe sie nie persönlich kennengelernt, aber ich erinnere mich daran, dass Johnny von ihr erzählte.“ Ich keuche erneut und komme endlich mit. „Ist sie schwanger?“ Ich kann nicht anders, ich werde beim Thema Babys aufgeregt, selbst wenn es von jemandem ist, dem ich nur einmal begegnet bin und der in Utah lebt.

Foxfire lacht. „Ja, tatsächlich! Wie sich herausstellte, landete sie in Tucson. Sie paarte – ich meine heiratete diesen großen Kerl namens Grizz und sie erwarten ihr erstes Baby.“

„Oh Göttin, das ist wundervoll! Ich will sie sehen, wenn ich dort bin. Vielleicht können wir eine Party für sie organisieren? Ich meine, wir sind immerhin ihre Familie.“

„Ich wette, das würde sie lieben, Sunny. Ich werde sehen, ob ich so kurzfristig noch etwas auf die Beine stellen kann. Wann genau kommst du her?“

„Ich weiß es nicht, aber ich werde dir Bescheid geben. In den nächsten Tagen vermute ich. Titus trifft die Vorkehrungen.“

Es bringt mich buchstäblich um, dass ich ihr nicht von allem erzählen darf, das vor sich geht. Ich bin schrecklich darin, Geheimnisse zu wahren. Doch Titus‘ Geheimnisse sind wichtig für mich, weshalb ich sie ehren muss.

„Klasse, Sunny. Kann es nicht erwarten, dich zu sehen.“

„Ich auch nicht, Schatz. Bye!“

Ich lege auf und strahle Titus an, der mich fragend ansieht. „Die Tante meiner Tochter ist jetzt in Tucson mit einem Kerl namens Grizz und sie erwarten ein Baby!“

Titus‘ Lächeln ist absolut nachsichtig. Er drückt mir einen Kuss auf den Scheitel. „Das ist großartig, Sonnenschein. Ich weiß, dass du Babys liebst.“

Ich kuschle mich an ihn und lehne meinen Kopf an seine Brust. Versuche, zu ignorieren, wie richtig es sich anfühlt.

~

Titus

SUNNY und ich treffen uns zur vereinbarten Zeit am vereinbarten Ort mit den Taos Wölfen.

„Hi, Jungs!“ Sunny lächelt dieses strahlende Lächeln und winkt von der Tür.

Vier von ihnen sitzen an einem Tisch in der hinteren Ecke und teilen sich einige Krüge Bier. Es sind die gleichen drei von vorhin und noch einer, der ebenfalls eine militärische Ausbildung zu haben scheint.

Sie schauen zu uns. Rafe nimmt uns kaum zur Kenntnis und hebt nur minimal sein Kinn.

„Hey“, versucht sie es erneut, als wir uns setzen. Sie beugt sich über den Tisch und streckt ihre Hand dem Kerl entgegen, den wir nicht kennen. „Ich bin Sunny.“

Er ist jünger als die anderen, vermutlich Ende zwanzig, und hat das gute Aussehen eines Captain America. „Channing.“ Sein Lächeln, bei dem Grübchen sichtbar werden, ist so strahlend wie Sunnys.

Ein leises Knurren setzt in meiner Kehle ein, als er ihre

Hand nimmt, und er reißt sie sofort zurück. „Nichts für ungut, Silberner."

Zuerst denke ich, dass er sich auf meinen Bart bezieht, doch dann wird mir bewusst, dass er der vierte Wolf war, der während des Vollmonds unterwegs war.

Normalerweise lässt dieses extreme Gefühl des Besitzanspruches und die Eifersucht nach. Ich weiß nicht, warum meine schlimmer zu werden scheinen. Vermutlich weil ich trotz des Anspruchs meines Wolfs noch nicht herausgefunden habe, wie ich sie behalten kann.

Rafe schiebt ohne ein Wort das Bier und zwei leere Gläser zu uns.

Ruhiger Geselle.

Wieder einmal bin ich verblüfft von der Ruhe, die er verkörpert. Ich folge seinem Beispiel und spreche nicht, während ich ein Glas Bier für Sunny und mich einschenke und einen großen Schluck nehme.

„Nun?", fragt Rafe.

„Wir werden sie alle aufnehmen. Kein Problem. Ich werde mich um den Transport kümmern."

Rafe neigt den Kopf zur Seite. „Du weißt nicht, wie viele es sind."

„Spielt keine Rolle. Alpha Green wird es regeln. Seinem Sohn gehören Nachtclubs und Immobilien in ganz Tucson und das Rudel besitzt nördlich von Phoenix eine Brauerei. Wir können ihnen Jobs suchen. Sie integrieren. Ihnen mit dem PTBS helfen."

Lance nickt ernst mit. „Gut. Ihr habt ein Verständnis davon, womit sie sich herumschlagen müssen."

„Ich kenne ein paar Leute aus dem Labor in Kalifornien. Sie funktionieren… aber kaum. Wirklich paranoid und nervös. Definitiv anders.“ Ich denke an Declan, Laurie und Parker und schüttle den Kopf. Sie sind definitiv einzigartige Charaktere.

„Gut“, wiederholt Lance.

„Wir haben zwei Dutzend Flüchtlinge“, informiert mich Rafe. „Wir nahmen sie vor sechs Wochen auf, als wir das Labor lokalisierten und zerstörten. Aktuell lagern sie in der Nähe.“

„Zwei Dutzend. Okay. Ich kann einen Bus mieten, um sie runter nach Phoenix zu bringen.“

Rafe nickt.

Als ich realisiere, dass wir wieder schweigen, beschließe ich, zu versuchen, Antworten auf einige meiner Fragen zu erhalten. „Also arbeitet ihr für die Regierung?“

„Dienstleister, die angeheuert werden können. Ehemaliges aktives Militär. Die Anweisung, das Labor zu schließen, kam allerdings von der Regierung.“

Sunny und ich blicken einander an und verarbeiten diese Neuigkeiten.

„Ja, wenn wir gewusst hätten, dass so etwas existierte, als wir noch bei den Truppen waren, hätten wir vermutlich alle sofort den Dienst quittiert“, erzählt Channing. Er ist eindeutig der Gesprächigere der Gruppe. „Denn was wir in diesem Labor fanden, war falsch.“

Alle vier nicken und ein gequälter Ausdruck schleicht sich in ihre scharfen Blicke.

„Ganz falsch“, stimmt Deke zu und trinkt sein Bier, wobei er ein ganzes Glas mit wenigen Schlucken leert.

„Also warum hat euch die Regierung reingeschickt, um das Labor gewaltsam zu schließen, wenn es ohnehin ihr Labor war?“, fragt Sunny.

Rafe schüttelt den Kopf. „Sie haben uns nicht viel erzählt, aber so wie ich das verstehe, war es ein gemeinsames Projekt zwischen der Regierung und einer Privatfirma."

„Data-X", werfe ich ein.

„Richtig. Die Strippenzieher von Data-X wurden eliminiert. Ich vermute mal von deinem Netzwerk."

Ich nicke.

„Die Regierung beschloss, das Projekt zu beenden und jegliche Beweise, die noch übrig waren, zu vernichten."

Ein Schauder jagt mir über das Rückgrat. Sind diese Kerle Attentäter der Regierung?

Da ich es so oder so nicht wissen möchte, trinke ich mein Bier aus und stehe auf. „Ich werde den Bus organisieren. Wann können wir uns mit den Flüchtlingen treffen?"

„Gib uns Bescheid, wenn du den Bus gebucht hast, und dann nennen wir dir ihren Standpunkt", sagt Rafe.

Ich schaffe es kaum, die Augen nicht über ihr mysteriöses Gehabe zu verdrehen. „Kann ich dieses Mal wenigstens eine Telefonnummer kriegen?"

„Ja." Rafe schaltet sein Handy an.

Ich ziehe meines raus und es piept, weil eine Nachricht eingeht.

„Das bin ich", sagt er.

Ich mache mir nicht einmal die Mühe, zu fragen, wie er an meine Nummer gekommen ist. Diese Kerle wissen vermutlich bereits alles, das es über mich, Sunny und mein Rudel zu wissen gibt.

Sunny lässt sich von ihrer Verschwiegenheit nicht beirren. „Also wie lautet die Geschichte – wart ihr Kerle so was wie Sondereinsatzkräfte?“

Alle vier betrachten sie, was mir verrät, dass sie ins Schwarze getroffen hat. Ihre Intuition ist immer goldrichtig.

„Gestaltwandler-Einsatzkräfte“, grinst Channing und nimmt einen Schluck von seinem Bier.

Sunnys Augen leuchten auf und sie beugt sich nach vorne. „Ihr wart alle so was wie eine Gestaltwandler-CIA? Navy SEALS? Sondertruppe?“

„So was in der Art“, murmelt Rafe.

„Und jetzt, da ihr in Rente gegangen seid, seid ihr ein Rudel?“, fragt sie fröhlich.

„So was in der Art“, antwortet Deke.

„Wir sind eine Firma – Black Wolf Security“, erzählt ihr Channing.

Die drei schauen zu ihm.

„Was? Das ist kein Geheimnis.“

„Kenntnis nur bei Bedarf“, trällert Deke.

„Wir sind eine saubere Firma. Rafe hat eine *Zentrale* gekauft.“

„Dennoch“, sagt Rafe, „wir halten uns bedeckt.“

Sich bedeckt halten, minimale Worte. Allmählich komme ich hinter das Wesen dieser Kerle. Und auch wenn ich glaube, dass sie die Guten sind, bin ich mir ebenfalls sicher, dass sie Gefahr umgibt. Und mein Wolf mag es nicht, wenn Sunny in der Nähe von Gefahr ist.

Ich stehe auf und helfe Sunny aus ihrem Stuhl. „Dann werde ich mich bei euch melden.“

Rafe nickt. Channing hebt sein Glas. Deke und Lance schweigen.

Ich schüttle den Kopf, als wir gehen. Ich glaube nicht, dass ich jemals ein merkwürdigeres Rudel Gestaltwandler kennengelernt habe, seit diese verrückten drei von Kalifornien hergezogen sind.

Und sie hatten guten Grund dazu.

Natürlich haben den diese Männer vermutlich auch, aber ich bezweifle, dass ich ihn kennen möchte.

KAPITEL 10

unny

Ich lege eine Weinflasche und einen Flaschenöffner zusammen mit unserem Mittagessen in meinen Picknickkorb und steige in den Bus, um mich mit Titus bei seinem Cottage zu treffen. Es ist unser letzter Nachmittag in Taos, bevor wir mit den Flüchtlingen nach Phoenix fahren, und ich beabsichtige, das auszukosten.

Ich habe die kleinen Anflüge von Besorgnis geflissentlich ignoriert, die mich durchströmten, weil sich unser Ende nähert.

Ich will nicht daran denken. Will ihn nicht aufgeben. Mit Titus zusammen zu sein, fühlt sich zu gut an.

Zu richtig.

Und jedes Mal, wenn ich mit ihm zusammen bin, wird seine Aura rosa.

Er liebt mich.

Er hat es nicht gesagt, aber es ist eindeutig.

Und ich empfinde genauso.

Ich finde ihn vor seinem Cottage sitzend vor, wo er auf mich wartet. Er springt auf die Füße, sowie ich vorfahre.

„Hey, großer Mann“, rufe ich, während ich rausspringe und den Picknickkorb rauswuchte.

„Was ist das?“ Er nimmt ihn mir ab. Ich setzte ihn über unsere Pläne nicht in Kenntnis, nur dass ich ihm heute Nachmittag etwas zeigen möchte.

Ich strahle zu seinem hübschen Gesicht hoch. „Wir werden ein Picknick beim Wasserfall machen“, informiere ich ihn.

„Es gibt einen Wasserfall?“

„Jepp. Und wir gehen dorthin. Auf deinem Motorrad“, sage ich. „Damit ist es einfacher und es macht viel mehr Spaß.“ Die Straße zum Wasserfall kann recht uneben werden.

Titus schenkt mir ein schiefes Grinsen. Es ist, als wäre Lächeln eine unbekannte Sache für ihn, aber sein Mund erinnert sich noch daran, wie es funktioniert. „Klingt in meinen Ohren gut.“ Er schnallt den Picknickkorb hinten auf das Motorrad und wir steigen auf. Ich weise ihm den Weg und summe leise, während sein Motorrad durch die Bäume auf einer unbefestigten Straße aufwärtsfährt.

Irgendwann gelangen wir zum Tor, wo er parkt und mir den Picknickkorb abnimmt. „Es ist nicht mehr weit“, verspreche ich. „Eine winzige Wanderung.“

„Mit einer Wanderung kannst du mich nicht abschrecken“, sagt Titus mit einem Lachen. „Es besteht kein Bedarf, sie mir schmackhaft zu machen.“ Er nimmt meine Hand.

Ich schaue zu ihm hoch und bewundere den Heiligenschein aus rosa und gold, der ihn umringt. Die Freude auf seinen Gesichtszügen. Er scheint sich verändert zu haben, seit er letzte Woche hierherkam, und ich weiß, dass das an mir liegt.

An uns.

Reicht mir das nicht? Kann ich mir nicht ausnahmsweise erlauben, diese Freude zu haben, eine echte Langzeitbeziehung?

Die Freude, die in meiner Brust aufsprudelt, sagt Ja.

„Also was ist in diesem Korb?“ Titus stemmt ihn sich auf die Schulter und nimmt meine Hand.

„Ich bin froh, dass du fragst. Ich weiß, ihr Wölfe seid Fleischfresser, aber du bist auch ein Mensch, also kann all das Fleisch nicht gut für deine Gesundheit sein. Daher ist alles, das ich eingepackt habe, vegan!“ Ich schenke ihm ein strahlendes Sunny Lächeln.

„Frau“, knurrt er.

„Ich mache nur Witze. Ich habe Fleisch eingepackt. Jede Menge Fleisch. Aber ich habe auch vegane Muffins gebacken und du musst einen essen.“

Er grunzt.

„Titus.“ Ich hüpfe voraus, um mich auf einen Felsen zu stellen und ihm zuzuwenden. Als wir uns Auge in Auge gegenüberstehen, informiere ich ihn feierlich: „Du wirst den Geschmack meines Muffins lieben.“

Er schüttelt den Kopf.

„Was?“, frage ich, obwohl ich weiß, dass er die Augen verdrehen wird, weil ich verrückt bin.

„Du bist zu niedlich“, sagt er und als ich blinzle, zieht er mich für einen Kuss zu sich. „Ich werde deinen

Muffin mit großer Freude verschlingen“, verspricht er. Schauder.

Wir folgen dem Bach flussaufwärts, bis wir die Felswand erreichen, über die das Wasser nach unten fällt. Manchmal ist es nicht mehr als ein Rinnsal, aber dieses Jahr hatten wir einen schneereichen Winter, weshalb das Wasserniveau noch immer super hoch ist.

„Wunderschön“, murmelt Titus.

„Oder?“ Ich ziehe ihn nach oben auf einen Felsen, wo wir den Picknickkorb öffnen und er den Korken aus der Weinflasche zieht und Wein in die zwei kleinen Gläser füllt, die ich eingepackt habe.

„Cheers“, sagt er leise und hebt sein Glas an mich gewandt hoch.

„Auf…“ Ich stoppe und schlucke. Ich will sagen *auf uns*. Oder *auf zweite Chancen*. Aber was, wenn es in Wahrheit ein Abschiedstoast ist?

„Auf zukünftige Möglichkeiten.“ Er blickt mir direkt in die Augen und hält den Blick, als würde er versuchen, mir etwas mitzuteilen. Als wolle er unsere zukünftigen Möglichkeiten erkunden.

Ich will das auch.

„Auf zukünftige Möglichkeiten.“ Ich stoße mit meinem Glas gegen seines. „Mit dir.“ Der letzte Teil ist kaum mehr als ein Flüstern, aber er hört es. Er hat wahrscheinlich auch ein Supermann-Gehör. Er packt mich im Nacken und zieht mich für einen dieser besitzergreifenden Küsse zu sich. Die Sorte, die mich verzehrt, in Brand steckt und mein Inneres nach außen kehrt. Seine Zunge ist in meinem Mund, seine Finger streicheln zwischen meinen Beinen.

Ich stöhne.

Er zieht mich auf sich, sodass ich in einer sitzenden Position rittlings auf ihm sitze. Eine Hand quetscht meine Brust, die andere hält nach wie vor meinen Kopf gefangen. Unterdessen bewegen sich seine Lippen auf meinen mit der Leidenschaft, die er immer mitbringt.

Ich bin bereits feucht für ihn. Bereits erpicht auf ihn. Ich ziehe mein Top aus und er knurrt, seine Augen leuchten strahlend blau.

Er sieht sich wild um, als würde er, falls jemand hier wäre und mich gesehen hätte, demjenigen sämtliche Gliedmaße einzeln ausreißen.

„Wir sind allein, Titus“, murmle ich. „Kaum jemand kennt diese Stelle.“

„Willst du Spartacus reiten, Engel?“ Er reißt meine Hüften über die harte Wölbung in seiner Hose.

Ich gebe einen schnurrenden Laut von mir. „Gib ihn mir, Großer.“

Er stöhnt und befreit seine Erektion, während ich aufstehe und meine Shorts fallen lasse. Ich bin vollkommen nackt draußen in der Natur – eines meiner Lieblingsdinge. Und bei dem Mann, den ich liebe.

Göttin, stimmt das?

Das tut es. Ich liebe Titus.

Mit diesem freudigen Gedanken setze ich mich wieder breitbeinig auf meinen Mann, lasse mich fallen und sinke auf seine Erektion.

Wir stöhnen beide vor Lust. Er ist zu groß – er ist immer zu groß, aber die Dehnung ist so wundervoll.

Er lässt mir die Kontrolle über die Show und ich gebe mein Bestes, mich mit meinem guten Arm an seinen

Schultern festzuhalten. Dann packt er meinen nackten Po und übernimmt die Kontrolle. Er zieht mich auf seinen Schwanz und mit fantastischen, rhythmischen Bewegungen wieder nach unten. Eine kreisende Bewegung, von der mir schwindlig vor Lust wird.

„Ja, Titus", ermutige ich ihn.

Als ob dieser Kerl jemals Ermutigung bräuchte.

Aber wir surfen die Welle gemeinsam, die Blicke in einer Art tantrischen Meditation mit denen des anderen verschränkt. Die Zeit stoppt. Der Wasserfall stoppt. Es gibt nichts außer unseren zwei Herzen, die gemeinsam schlagen, unseren zwei Körpern, die verschmelzen und in perfekter Einheit auseinanderfallen.

„*Das hier*", murmle ich staunend.

„Was, Baby?"

„Nirvana", keuche ich.

Wir haben es gefunden. Den höchsten Bewusstseinszustand. Der Ekstase. Der Lust.

Titus packt meinen Hintern fester und seine Finger bohren sich in mein Fleisch. Er verpasst meiner Pobacke einen Klaps.

Die Zeit setzt wieder ein. Oder sollte ich sagen, die Zeitbombe beginnt zu ticken.

Verlangen züngelt wie Flammen durch mich.

Ich muss kommen.

Jetzt.

„Sunny", bringt Titus Zähne knirschend hervor. Seine Stimme ist mehr als rau. Seine Miene schmerzerfüllt.

„Bereit?", keuche ich.

„Fuck, yeah." Er zieht mich härter nach unten und rammt sich nach oben, um mir entgegenzukommen. Ich hüpfe auf seinem Schoß auf und ab, meine kleinen Brüste wackeln, meine Atemzüge werden mit jedem magischen Stoß verkürzt.

„Bitte“, jammere ich, obwohl ich weiß, dass sich der Höhepunkt nähert.

„Beim Schicksal, ja“, brüllt er.

Ich hüpfe höher. Meine Augenlider flattern, während ich die Fähigkeit verliere, mich zu konzentrieren. Zu atmen. Mich an meinen Namen zu erinnern.

Und dann kommen wir beide. Meine Schreie vermischen sich mit seinem Brüllen, hallen von den Wänden des Canyons wider und kommen zu uns zurück, während die Vibrationen unseres Höhepunktes durch unsere Körper schallen.

Als wir uns zu bewegen aufhören, breche ich auf ihm zusammen, falle in seine Arme, lege meinen Kopf auf seine Schulter, denn ich bin nicht einmal in der Lage, meinen eigenen Kopf aufrecht zu halten.

Als mein Bewusstsein zurückkehrt, schaukelt mich Titus langsam von einer Seite zur anderen und murmelt: „Hübsche Frau. Wundervolle, magische Frau.“

Mein Herz fühlt sich an, als würde es weit aufbrechen.

Und dann weiß ich es mit absoluter Gewissheit –

Meine Liebe wird erwidert.

KAPITEL 11

Titus

WIR TREFFEN den gemieteten Bus und die Gestaltwandler-Flüchtlinge am nächsten Morgen auf einem unbefestigten Parkplatz an der Kreuzung dreier Highways. Das schwarze Wolfrudel taucht in zwei Humvees und Dekes Mercedes G63 auf. Was auch immer ihre Jobs in Wirklichkeit sind oder waren, sie haben eine Menge Geld.

Die Flüchtlinge steigen aus den Fahrzeugen. Obwohl sie mittlerweile seit sechs Wochen frei sind, tragen sie noch immer verstörte, misstrauische Mienen zur Schau. Ich fange ihre merkwürdigen, vermischten Gerüche auf – eine Mischung aus Tieren, nichts, das Sinn ergibt. Es ist genauso wie bei den sonderbaren Gestaltwandlern aus Kalifornien. Alpha Green bat diese drei, nach Wolf Ridge zu kommen und den Bus zu begrüßen, sodass die neuen Flüchtlinge Gestaltwandler vor Ort haben, die Ähnliches durchgemacht haben wie sie, die für sie eintreten und dabei helfen können, Vertrauen aufzubauen.

„Wir werden eine Eskorte nach Arizona stellen“, informiert mich Rafe. „Zusehen, dass ihr sicher ankommt.“

Ich gebe ihm die Hand. „Danke.“

Eine junge Frau läuft mit einem Kaninchenbaby, das sie in einer Hand umfangen hält, vorbei. Ihr Kopf ist gesenkt, ihr weicher, dunkler Afro formt einen Heiligenschein um ihr Gesicht und sie spricht leise mit dem Tier.

„Oh wie süß!“, sagt Sunny. „Ist es verletzt?“

Die Frau schaut überrascht auf, dann zieht sie den Kopf wieder ein. Ihre warme braune Haut leuchtet, während sie das Wesen knuddelt. Sie macht den Eindruck einer Disney Prinzessin auf mich. Niemand würde auch nur mit der Wimper zucken, wenn sie plötzlich lossingen würde. „Nein. Ich verabschiede mich nur.“

Sunny lächelt, als wäre das das Normalste auf der ganzen Welt.

„Hoffe, ihr habt nichts gegen Tiere“, brummt Rafe. „Allison freundete sich mit so ziemlich jedem Wesen in der Gegend an. Sogar Beutetiere tummelten sich vor unserer Tür.“ Er schüttelt den Kopf, aber eine unterschwellige Sanftheit und Zuneigung schimmern durch. Als hätte er diese Gestaltwandler wirklich kennen und schätzen gelernt.

Meine letzten Vorbehalte ihm gegenüber verschwinden.

„Fuck, Allie, wirst du den ganzen Zoo mitbringen?“ Eine kleine, blasse Gestaltwandlerin mit einem Nasenring und einem Mohawk schwarzer Haare marschiert zu uns. Sie verschränkt muskulöse Arme vor ihrer Brust und

Sonnenlicht reflektiert von dem riesigen Hautmesser, das sie bei sich trägt.

Ich trete zwischen sie und Sunny.

„Sei nicht albern, Fiona“, sagt Allison und setzt das wilde Kaninchen ab. „Geh schon“, ermutigt sie es, bis es davonhüpft. Allison läuft zu Fiona und umarmt ihre Seite, legt ihren Kopf auf die winzige Schulter der Goth-Frau und ignoriert das Messer.

„Fuck sei Dank“, sagt Fiona liebevoll und schlingt ihren freien Arm um Allisons Schultern. „Sie mögen dich, aber wann immer sie mir zu nahe kamen, machten sie sich in die Hosen. Ich werde dir an der Tankstelle ein Kuscheltier kaufen.“

Rafe räuspert sich. „Wer sagt, dass ihr den Bus verlassen dürft, wenn wir zum Tanken halten?“

„Tatsächlich sagt Deke das.“ Fiona deutet mit dem Kinn in Richtung des verrückten Wolfs. „Ich sagte ihm, dass Allison weinen würde, wenn sie keinen Taos-Schlüsselanhänger kriegt. Er versprach es.“

„Klar hat er das.“

„Oh, Rafe, bitte“, fleht Allison leise.

Rafe rollt mit den Augen. „Na schön. Nur, damit ihr Ruhe gebt.“

Fiona deutet mit ihrem Messer auf ihn. „Du wirst uns vermissen. Gib es zu.“

Ich räuspere mich, als Rafe seinen Kopf schüttelt. „Zeit, in den Bus zu steigen. Alle einsteigen!“

„Wirst du klarkommen, Baby?“ Ich führe Sunny zu ihrem VW.

„Selbstverständlich.“ Sie geht auf die Zehenspitzen,

um mich auf die Nase zu küssen. So verdammt niedlich. Ich ziehe sie eng an mich und erobere ihren Mund.

Ein „oooOOOoooo“ erklingt von den billigen Plätzen. Ich zeige ihnen den Finger und Allison und Fiona kichern beide.

„Bis später.“ Sunny schenkt mir ihr charakteristisches Lächeln und steigt in den Bus. Ich folge ihr auf meinem Motorrad, wobei ich meine ungute Vorahnung runterschlucke.

Sunny und ich haben noch immer nicht über die Zukunft geredet.

Darüber, was geschieht, nachdem wir nach Arizona gelangt sind.

Ich weiß nur, dass ich mich nicht von ihr verabschieden will. Mein Wolf wird es mir vermutlich ohnehin nicht erlauben.

Aber mir fällt auch nichts ein, wie ich sie behalten kann. Selbst wenn sie die Sorte Frau wäre, die sich niederlassen möchte – was sie nicht ist, dank ihres Arschloch-Ex-Mannes – kann ich sie nicht einfach in mein Rudel einführen. Das ist verboten.

Also was bedeutet das für uns? Dass ich versuchen sollte, sie davon zu überzeugen, dass eine Langzeitbeziehung funktionieren kann? Das müsste entfernt vom Rudel stattfinden. Vielleicht könnten wir in ihren Airstream ziehen in der Hoffnung, dass sie nicht das Gefühl hat, irgendwo festzustecken, so lange wir mobil bleiben und durch die Kunsthandwerkszene touren?

Doch das ist verrückt. Ich passe nicht einmal in diesen Airstream. Er knarzt jedes Mal, wenn ich ihn betrete. Ich muss mich zum Laufen ducken. Und ich würde wahrscheinlich durchdrehen.

Aber du wärst bei Sunny, argumentiert mein Wolf.

Wahr. Wie wahr.

Ich beschließe, mit ihr darüber zu reden, wenn wir Wolf Ridge erreichen. Nachdem mein Auftrag erledigt ist.

SUNNY

DIE FAHRT von Taos nach Phoenix ist heiß. Berge schmelzen zu Wüsten und die Luft draußen wird zunehmend drückender. Wir fahren durch Navajo-Land. Ich ertappe mich immer wieder dabei, wie ich auf meiner Lippe kaue.

Es wird alles gut werden. Ich lockere meinen Würgegriff um das Lenkrad. *Ich lerne nur Titus' gesamtes Rudel kennen. Keine große Sache.*

Aber als wir schließlich auf den Parkplatz des Wolf Ridge Freizeitzentrums fahren, hat sich der Beton in meinem Magen dauerhaft niedergelassen. *Beruhige dich.* Ich springe aus meinem Bus, um meinen neuen Gestaltwandler-Freunden zu helfen.

Fiona hat den Bus bereits verlassen, eine jämmerlich kleine Tasche um ihre Schulter geschlungen. Diese Gestaltwandler haben nichts. Nicht einmal Kleider zum Anziehen, falls Fionas zusammengewürfeltes Outfit irgendein Hinweis ist. Sie sieht aus, als hätte sie das T-Shirt eines großen Mannes und eine Laufshorts zusammengeschnitten, damit sie ihr passen. *So ist's recht, konzentriere dich aufs Helfen.*

Als Allison aus dem Bus steigt, stolpert sie. Ein schlaksiger Mann fängt sie auf und seine Wangen röten sich, als sie sich beide aufrichten. Als sich Allison bei ihm bedankt, errötet er und stammelt: „W-w-willkommen."

„Du bist süß", teilt ihm Allison mit und seine dicken Brillengläser beschlagen. Seine Ohren gehen praktisch in Flammen auf. „Ich bin Allison."

„Ich bin Laurie", sagt der hochgewachsene Mann.

„Allie, hör mit dem Flirten auf", sagt Fiona. „Ich muss mal für kleine Welpen."

Allison läuft rot an.

„Ich werd dir zeigen, wo die Toilette ist." Ein dunkelhaariger Mann tritt zu ihr und lässt weiße Zähne aufblitzen.

Fionas Kopf schnellt herum. „Du bist irisch", beschuldigt sie ihn.

„Das stimmt. Mein Name ist Declan." Er hebt die Hände hoch, als hätte sie ihn bedroht. Sie hält noch immer das lange Messer in der Hand, also hat sie das vielleicht tatsächlich getan. „Freut mich, dich kennenzulernen. Und wenn ich das sagen darf, du bist die schönste Gestaltwandlerin, die ich jemals gesehen hab."

Fiona verengt die Augen auf ihn. Sie deutet mit ihrem Messer. „Halt dich zurück, Whiskeyfass."

„Okay, okay." Er weicht zurück und brummt etwas über ein „verdammt gewalttätiges Leprechaun".

„Wie ich sehe, schließt du schon Freundschaften", necke ich Fiona.

„Was? Oh, er kommt schon klar.“ Aber Fiona blickt finster in Declans Richtung. „Ich habe nur Spaß gemacht.“

„Er ist niedlich“, sagt Allison. „Nicht mein Typ.“ Sie tätschelt den großen, schlaksigen Mann neben sich. „Aber ihr zwei saht gut zusammen aus.“

„Und ich dachte, ich sei eine Kupplerin“, sage ich. „Das hast du ziemlich schnell bemerkt.“

„Wenn Fiona jemanden mag, bricht sie einen Streit vom Zaun“, informiert uns Allison. „Es ist ein Test.“

„Ich verstehe. Auf mich wirkte es, als würdest du seine drei-Meter-Stange nicht anfassen“, witzle ich. Alle Augen weiten sich und mir wird bewusst, was ich gesagt habe. „Ich meine“, ich wedle mit den Händen und wünsche mir, ich könnte die letzten dreißig Sekunden zurückspulen, „als würdest du *ihn* nicht mit einer drei-Meter-Stange anfassen.“

„Ich wollte schon sagen, drei Meter? Verdammt, Frau.“ Fiona pfeift. „Vielleicht schnappe ich ihn mir doch.“

„Mhhmmm.“ Allison wendet sich an mich. „Sunny, hast du Weidenrinde? Ich weiß, ich bin eine Gestaltwandlerin, aber ich kriege trotzdem Kopfschmerzen.“

„Ich kriege auch Kopfschmerzen“, murmelt Laurie und blinzelt Allison an. Er sieht aus, als hätte er einen Engel gesehen.

„Ich habe Weidenrinde in meinem Bus“, sage ich. „Ich werde sie holen.“

Allison bedankt sich bei mir und schenkt Laurie ein Lächeln, das ihn von den Füßen haut.

Finden sich alle Gestaltwandler so schnell zu Paaren zusammen? Ich schätze, wenn man seinen Gefährten findet, dann ist das so.

Ein Kribbeln in meiner Schulter veranlasst mich dazu, den Biss, den mir Titus verpasst hat, mit meiner Hand zu verdecken. Es war noch nie ein Mann im Schlafzimmer so grob zu mir, aber ich liebe es. Die Wunde verheilt gut, aber ich werde ihn später Calendula- oder Arnikasalbe darauf verreiben lassen. Vielleicht beides.

Ich wühle in meinem Kräuterschrank herum, als Titus‘ Stimme durch die Wände dringt. Ich ziehe den Vorhang beiseite. Das Fenster muss dringend geputzt werden, aber Titus‘ Gestalt ist erkennbar. Er redet mit einem anderen großen Kerl in Hosen und einem Button-down-Hemd und er wirkt angespannt.

Titus wurde auf dem letzten Streckenabschnitt immer ruhiger und unnahbarer. Mein Bauchgefühl sagt mir, dass es an mir liegt. Uns.

Macht er sich Sorgen darüber, dass das hier unser Ende ist? Ich habe allmählich das Gefühl, als müsste es das nicht sein. Wir haben noch immer die gemeinsame Reise nach Tucson vor uns. Und was, wenn… was, wenn wir noch ein Weilchen länger zusammenbleiben würden? Ich weiß nicht wie, aber verdammt, es macht den Anschein, als gäbe es zum ersten Mal einen Mann, der es wert ist, dass ich meine Unabhängigkeit für ihn aufgebe. Dem ich mein Vertrauen und Herz schenken kann.

~

Titus

. . .

FUCK. Ich bemerkte die bösen Blicke, die mir Alpha Green zuwarf, als er Sunnys Bus sah. Ich weiß nicht, warum ich sie in keinem meiner Berichte erwähnte.

Doch, das weiß ich.

Ich war ein verdammter Feigling, deswegen.

Also stehe ich mal wieder hier. Lasse mich von einer Frau von meiner Verantwortung meinem Rudel gegenüber ablenken. Ich könnte hier erneut alles verlieren.

„Interessante Freunde, die du dort oben gefunden hast", bemerkt er, wobei seine Augen nicht zu den Flüchtlingen, sondern dem schwarzen Wolfrudel wandern. Natürlich komme ich nicht umhin, mich zu fragen, ob er auch von Sunny spricht.

„Ja. Sie lassen sich nicht in die Karten schauen. Ich glaube, man kann ihnen vertrauen, aber es hat lange Zeit gedauert, bis ich mir einen Eindruck von ihnen verschaffen konnte."

„Im Grunde genommen sind sie Söldner. Gefährliche Jobs, die sie für Geld ausführen? Hast du den Eindruck bekommen, dass sie dort oben bleiben werden?"

„Ich denke schon, aber sie verrieten nie die Lage ihres Anwesens. Ich hörte von einer der Frauen, dass Lightfoot und sein Bruder ursprünglich aus dieser Gegend stammen, aber sie schlossen sich direkt nach der Highschool dem Militär an und kehrten bis jetzt nicht dorthin zurück."

„Und der Mensch?" Alpha Green spuckt das Wort *Mensch* aus, als würde er von Hundescheiße auf seinem Rasen reden.

Mein Wolf lässt beinahe ein Knurren verlauten.

Fuck. Ich muss ihn unter Kontrolle kriegen. Ich rede mit meinem *Alpha.* Der wichtigsten Person in meinem

Umfeld. Ich darf nicht zulassen, dass sich meine Unvernunft, wenn es um Frauen geht, auf mich auswirkt.

„Was macht sie hier?“

„Sie, äh, wurde in alles verwickelt.“

„Sie weiß von uns.“ Greens Stimme ist flach. Keine Frage. Ich kann die Wahrheit nicht leugnen. Ich mag gewisse Themen meiden, aber ich bin kein Lügner. Vor allem nicht bei einem Alpha.

„Ihre Tochter ist eine Fuchsgestaltwandlerin. Natürlich ist Sunny dahintergekommen.“ Das entspricht größtenteils der Wahrheit. Sie hatte es schon zur Hälfte herausgefunden, bevor ich mondwahnsinnig wurde und sie biss.

„Ich meine, sie weiß über *uns* speziell Bescheid. Dieses Rudel. Du hättest um Erlaubnis bitten sollen, bevor du einen Menschen nach Wolf Ridge gebracht hast. Zu unserem privaten Gelände. Das sieht dir nicht ähnlich, Titus. Ich erwarte mehr.“

Eine Woge der Übelkeit überkommt mich – eine instinktive Reaktion auf die Verachtung meines Alphas. All die Erinnerungen daran, wie ich vor den Rat meines vorherigen Rudels gerufen wurde, wie ich ihren körperlichen Angriff abbekam und dann den schlimmsten Schlag, den der Verbannung, einstecken musste, prasseln wieder auf mich ein. Meine Schande. Meine Unfähigkeit als Vater, meinen einzigen Welpen zu beschützen. Der Verlust meines Vertrauens in meine eigene Fähigkeit, gute Entscheidungen zu treffen.

Jetzt befinde ich mich wieder in der gleichen Position.

„Ich garantiere, dass sie nichts sagen wird. Ihre Tochter ist Teil des Tucson Rudels. Sie gehört zur Rudelfamilie. Aber ich werde sie loswerden“, höre ich mich sagen.

Meine eigene Stimme klingt, als käme sie aus einer Entfernung von hunderten von Meilen. Dünn und leer. „Kein Problem."

„Bist du dir sicher? Denn ich sah das Mal an ihrem Hals." Greens Augen werden schmal. Er mustert mein Gesicht und ich scheine meine Züge nicht beeinflussen zu können. Ich weiß nicht einmal so recht, was ich zeigen soll. Was ich sagen soll.

Unterdessen kämpfe ich mit meinem Wolf, der jault, der verdammt nochmal jault wegen dieses Verrats an unserer Gefährtin.

Ich bemühe mich, zu antworten, doch mein Kopf ist wie leergefegt. Meine Zunge ist zehn Nummern zu groß.

„Hast du mir etwas zu sagen?"

Ich schüttle dümmlich den Kopf. „Äh… nein. Wir hatten eine Affäre. Es war Vollmond und ich verlor die Kontrolle, aber es hat nichts bedeutet. Es bedeutet nichts."

Jetzt werde ich mich wirklich übergeben. Es ist, als hätte ich meinen Wolf gerade aus meiner Menschlichkeit gerissen. Als hätte ich die zwei Teile meiner selbst, die stets in Harmonie miteinander existierten, getrennt. Hitze und Kälte strömen durch meinen Körper. Meine Organe verdrehen sich und erschaudern.

„Sie ist ein Mensch, wie du sagtest." Meine Lippen bewegen sich irgendwie noch immer, obwohl ich kurz davor bin, ohnmächtig zu werden. „Und sie bleibt ohnehin nicht lange an einem Ort."

SUNNY

. . .

Was? Ich taumle mit der Hand auf der Brust vom Fenster zurück. *Ich werde sie loswerden.* Schuss ins Herz. Tut schlimmer weh als eine Kugel. Nach allem, das wir gemeinsam geteilt haben, kann ich nicht fassen, dass uns Titus so schnell aufgeben würde.

Es hat nichts bedeutet.

Richtig. Es gibt kein *Uns*. Ich war eine Närrin, zu denken, dass sich ein Mann mit so vielen Problemen jemandem verpflichten könnte.

Alpha Green sagt etwas, das ich nicht mitbekomme. Ich bin zu sehr damit beschäftigt, meine Hand auf meine schmerzende Brust zu pressen und schwer zu atmen. Das ist wieder genau so wie bei Jack. Ich wurde wegen meiner fehlerhaften Biologie als unwürdig befunden. Nicht gut genug.

Aber der Schmerz, den ich fühle, ist meine eigene Schuld. Ich tat das. Ich ließ ihn rein und so fühlt es sich an.

Als würde ich sterben.

„Ich bin dem Rudel verpflichtet", sagt Titus. Natürlich ist er das. Deswegen kann er sich mir auch nicht verpflichten. Nicht, dass ich ihn jemals darum gebeten habe. Nicht, dass wir irgendeine Art ernster Beziehung hatten.

Aber dennoch. Ohne viel Federlesen als niederer Mensch abgewiesen zu werden, den er loswerden muss, trifft mich direkt in meiner empfindlichsten Stelle.

Ich bleibe nicht, um mir mehr anzuhören. Ich stolpere zurück zu dem gemieteten Bus, zu dem Fiona Declan eingeladen hat, nur um ihn noch mehr wegen seines Akzents zu beschimpfen. Ich spüre, dass Titus herüberkommt, weshalb ich mich in ihre Gruppe dränge und zu Allison beuge.

„Sorry." Meine Stimme klingt erstickt. „Ich habe doch keine Weidenrinde."

Fiona macht ein finsteres Gesicht. „Sunny, geht's dir gut?"

„Achte nicht auf mich." Ich wedle abweisend mit der Hand. „Langer Tag."

„Ich bin euch Jungs wirklich dankbar –", dröhnt Titus' Stimme und ich verstumme. Er ist einige Schritte entfernt und schüttelt Rafes Hand.

Ich will an jedem anderen Ort als hier sein. Ich mache mich in Gedanken unsichtbar.

Allison tritt nach vorne, ihr Gesicht strahlt. Eine Sekunde sieht es so aus, als wolle sie den großen Ex-Militär umarmen. „Wir wollten uns nur bei euch bedanken –"

„Kein Problem", fällt ihr Rafe ins Wort und zieht sich zurück, bevor sie ihn berühren kann. Seine Männer sind bereits in ihre Humvees gestiegen. Dekes G63 wirbelt Staub auf, als er davon braust.

Richtig. Wölfe geben sich nicht gerne mit Leuten außerhalb ihres Rudels ab.

Rafe senkt seine verspiegelte Sonnenbrille und nickt Titus und Alpha Green zu, bevor er in den Humvee seines Bruders springt.

„Bye-bye, schwarze Wölfe", murmelt Allison. Sie wirkt nicht verstimmt über Rafes Reserviertheit.

Ich schiebe mich langsam am Rand der Gruppe entlang.

„In Ordnung, alle miteinander", ruft Alpha Green.

„Wir haben Sandwiches und Getränke im Gebäude und einige meiner Rudelmitglieder kümmern sich gerade um Unterkünfte für euch. Und sobald wir können, werden wir von allen die nötigen Informationen sammeln, damit ihr wieder mit euren Familien in Verbindung treten und euch dort niederlassen könnt, wo auch immer ihr hinwollt."

Gestaltwandler beginnen in die Richtung zu strömen, in die Alpha Green gedeutet hat.

„Titus", Alpha Green winkt nach ihm, „ich brauche dich drinnen."

„Komme." Titus dreht sich im Kreis und sucht die Menge ab. Sein Gesicht ist blass und abgehärmt. Die Aura ein Graubraun.

Ich ducke mich hinter den Bus. Meine Hände sind klamm, mein Kopf beginnt zu schmerzen, da eine schreckliche Migräne im Anmarsch ist. Er sucht nach mir. Natürlich könnte er mich anhand meines Geruchs aufspüren, wenn er das wollte, aber nach einigen Sekunden zuckt er mit den Achseln und läuft in das Gebäude. Fast alle sind fort.

„Ich werde dir ein Aspirin besorgen", sagt Laurie zu Allison und bietet ihr seine Hand an. Sie nimmt sie und Laurie richtet sich zu seiner vollen Größe auf. Declan und Fiona gehen nach drinnen, wobei sich Fionas Lippen zu einem spöttischen Grinsen verziehen, während sie mit ihm scherzt.

Meine Schlüssel umklammernd, steige ich in meinen Bus. Es ist besser, wenn ich mich jetzt aus dem Staub mache, bevor es irgendjemand bemerkt. Ich muss aus Wolf Ridge raus. Weg von Titus.

Er will mich nicht.

Der kalte Gedanke hält mich die ganzen zweieinhalb Stunden aufrecht, bis ich auf die Einfahrt vor dem Haus meiner Tochter fahre.

Stimmen murmeln drinnen. Ich klopfe.

Eine Sekunde später schiebt sich der helle Kopf meiner Tochter durch die Tür. „Mom?" Als sie mein Gesicht sieht, ziehen sich ihre Augenbrauen sorgenvoll unter ihren Haaren in Meerjungfrauenfarbe zusammen.

Da und erst da lasse ich zu, dass sich mein Gesicht verzieht, und beginne, zu weinen.

KAPITEL 12

itus

DIE SCHWERE meiner Lügen gegenüber Alpha Green überziehen meinen Mund. Ich versuche ständig, mir einzureden, dass es zu Sunnys Bestem war. Damit Alpha Green sich nicht mehr den Kopf über sie zerbricht oder mir möglicherweise befiehlt, ihre Gedanken von einem Vampir löschen zu lassen.

Bullshit.

Ich brauche nicht einmal meinen Wolf, der mich anknurrt. Ich weiß es selbst.

Es war reiner Selbsterhaltungstrieb.

Ich wollte nicht noch einmal wegen einer Frau aus einem Rudel geworfen werden, weshalb ich mich wie ein Feigling benahm.

Aber das ist okay. Wenn ich hier rauskomme, werde ich Sunny suchen und wir können über unsere Zukunft reden. Wenn sie zustimmt, mich Teil ihres Lebens sein zu lassen, kann ich mich anschließend mit Green befassen.

Doch nicht einmal das beruhigt meinen Wolf oder mich. Unbehagen strömt mit zunehmender Kraft durch mich.

Um es noch schlimmer zu machen, kann ich Sunny nirgendwo entdecken. Ich habe sie mittlerweile seit ein paar Stunden nicht mehr gesehen – nicht, seit wir reingegangen sind, und sie hat auch nicht auf meine SMS geantwortet, in der ich sie fragte, wo sie ist.

Natürlich liegt Greens Blick die ganze verdammte Zeit auf mir, weshalb ich mich auch nicht vor meinen Pflichten drücken und sie suchen gehen kann.

Endlich beende ich meine Berichterstattung vor dem Rat des Rudels.

„Gute Arbeit, alle miteinander", beglückwünscht Alpha Green den Raum. Wir interviewten einige der Gestaltwandler und berieten uns mit dem Tech-Guru Jackson King und seiner Frau Kylie, einer Gestaltwandlerin mit grandiosen Hacker-Fähigkeiten. Sie arbeiten daran, das Rudel oder die Familie jedes der gestohlenen Gestaltwandler zu kontaktieren – von denen, die zurückgehen möchten. Falls es die Gestaltwandler vorziehen, nicht zu ihrem Zuhause zurückzukehren, werden wir ihnen helfen, sich niederzulassen. In der Zwischenzeit wird das Phoenix Rudel alle bei sich unterbringen.

Ich nicke vage, als Pierce, einer meiner Kumpel aus dem Rat, mir auf die Schulter klopft. „Gute Arbeit, Titus."

„Ja, danke. Ich muss allerdings los. Ich sehe euch alle später."

Ich versuchte ein paar Mal, das Meeting früher zu

verlassen, aber jedes Mal stellte mir mein Alpha eine weitere Frage.

Sunny ist ein großes Mädchen. Sie kann auf sich selbst aufpassen. Oder zumindest rede ich das meinem Wolf ein. Aber nichts an dieser Situation fühlt sich richtig an.

In der Haupthalle sind nur die neuen Gestaltwandler zurückgeblieben, die dabei helfen, das Geschirr vom Abendessen aufzuräumen, oder die Tische durchgehen, die mit gespendeter Kleidung und Hygieneartikeln überhäuft sind. Der Rest der neuen Gestaltwandler wurde von Rudelmitgliedern abgeholt, die ihnen einen Ort zum Schlafen in ihren Heimen anboten.

Allison und Fiona sind noch hier und sitzen bei den zwei merkwürdigen Gestaltwandlern aus Tucson. Ich stoppe am Ende ihres Tisches.

„Wo ist Sunny?"

Allison runzelt die Stirn und wechselt einen Blick mit Fiona. „Ich habe sie schon eine Weile nicht mehr gesehen."

„Ja, sie hat nicht mit uns gegessen. Zuletzt sah ich sie vor ihrem VW."

„Danke." Ich gehe nach draußen und ein unerklärliches Gefühl der Angst verdreht mir den Magen.

„Sunny?" Die tiefstehende Sonne scheint mir in die Augen und ich schirme sie mit der Hand ab, ehe ich um den Bus und die SUVs laufe und nach dem vertrauten VW Ausschau halte. Inmitten des Meers aus Gerüchen reizt mich Sunnys fruchtiger und herber Geruch. Ich marschiere zum Ende des Parkplatzes. Wohin ist sie gegangen? Ist sie aus irgendeinem Grund zur Vorderseite des Gebäudes gefahren?

Mein Wolf knurrt mir Beleidigungen entgegen und ich ignoriere ihn. Nicht jetzt. Ich muss Sunny finden. Ich muss diesen Scheiß mit ihr regeln. Sofort. Entweder sind wir zusammen oder wir sind es nicht. Aber ich muss es wissen.

Mein Wolf heult. *Mein. Unsere Gefährtin.*

Ich reibe mir über den Nacken. Ich muss diese Situation wirklich klären. Sunny ist mir wichtig, aber ich gehöre zu meinem Rudel.

Ich atme einen Schwall Luft aus und starre zu Boden, während mein Wolf um meine Aufmerksamkeit buhlt. Ich brauche einen Moment, bis ich verstehe, was ich sehe: ein Paar Reifenspuren, die sich durch den Dreck schlängeln.

Fuck. Ich schätze, das bedeutet, dass wir nicht zusammen sein werden.

Sie hat mich verlassen.

Erneut.

~

Sunny

Foxfire füllt meine Tasse mit Kamillentee. Hinter ihr nimmt Tank all den verfügbaren Raum in der Küche ein, während er an den Schränken lehnt. Seine große Gestalt ähnelt der von Titus so sehr, dass es wehtut, in seine Richtung zu schauen.

„Also bist du einfach gegangen?“, fragt mich meine Tochter leise. Sie ist ruhig, aber ihre bunte Aura pulsiert vor Sorge. Es passiert nicht jeden Tag, dass ich sie vor ihrer Tür überrasche und dann in Tränen ausbreche.

„Ja.“ Ich reibe mir über die Augen. „Ich wollte nicht bleiben, wo ich unerwünscht war. Wenn man ihm die Wahl zwischen mir und seinem Rudel gäbe, wen würde er wählen?“ Ich versuche zu schnauben. Der Biss an meiner Schulter pocht und ich massiere ihn mit meiner Hand. Der Schmerz strahlt durch meinen Arm. „Hast du Arnika hier?“ Ich ziehe an meinem Kragen.

Foxfire holt scharf Luft, packt mein Shirt und starrt den gigantischen Knutschfleck an. „Was zur Hölle? Hat Titus das getan?“

„Es ist alles okay, Schatz.“ Ich schiebe ihre Hand weg und verdecke das Mal wieder. „Nur ein Liebesbiss.“ Ein großer.

„Das ist kein Liebesbiss. Das ist ein Paarungsbiss.“

Ich blinzle bei ihrem ernsten Tonfall. „Was?“

„Tank?“, ruft meine Tochter. Ihr Mann beugt sich bereits über mich. „Zeig es ihm.“

Mit einem Seufzen lasse ich meine Hand sinken. Sein Blick heftet sich auf das Mal.

„Es ist nichts“, beharre ich.

„Es ist nicht nichts. Siehst du?“ Foxfire zieht ihr eigenes Shirt weg und zeigt mir einen verheilten Biss. „Es ist ein Wolf-Ding. Sie tun das, wenn sie Anspruch auf dich erheben wollen. Wenn Titus das getan hat, bedeutet das, dass du seine Gefährtin bist.“

„Aber… ich bin ein Mensch.“

„Spielt keine Rolle. Sein Wolf beanspruchte dich als sein.“

„Und dann hat sich Titus von mir abgekehrt. Er nannte das, was wir hatten ‚eine Affäre‘ und sagte seinem Alpha, dass es nichts bedeutete.“ Die Worte durchbohren mein Herz von neuem.

„Fuck“, flucht Tank und trampelt davon. Die Aktion ist Titus so ähnlich, dass mir Tränen in die Augen treten.

„Es ist okay, Sunny.“ Foxfire legt ihre Hand auf meine. „Ich verspreche, es wird alles gut werden.“

~

Titus

Sie ist gegangen. Sie ist verdammt noch mal gegangen.

Ich versuche, sie mit all den Schimpfworten zu bedenken, die ich meiner Ex-Frau gab. *Miststück. Verräterin.* Aber mein Wolf scheint nicht mitspielen zu wollen. Er war froh darüber, meine Ex-Frau losgeworden zu sein, die uns von Anfang an belogen hatte. Sunny log nicht. Sie blieb ihrer selbst jeden Tag treu und ließ mich rein, obwohl sie wusste, dass ich sie verurteilen könnte.

Ich hebe mein Handy an mein Ohr, bevor mir bewusst wird, dass es vibriert.

Junior steht auf dem Display. Ich hebe ab. „Tank? Ist alles in Ordnung?“

„Nein. Ich habe hier ein Problem.“

Mein Herz fällt zu meinen Stiefeln. „Geht es um Foxfire? Hat sie jemand entführt?“ Scheiße, ich wusste, dass es einen Rückschlag geben würde. Mir war nicht klar, dass es schon so bald geschehen würde.

„Nicht Foxfire. Ihr und mir geht es gut. Es geht um Sunny.“

Die Welt dreht sich. „Sunny? Sie… sie ist bei euch?"

„Jepp. Tauchte vor einer halben Stunde auf und heult sich gerade die Augen aus dem Kopf. Anscheinend hat sie gehört, wie du sie vor Alpha Green verurteilt hast."

Die Stücke ordnen sich neu an und rasten ein. Mir dreht sich der Kopf. Was habe ich zu Green gesagt? Oh beim Schicksal, es war schlimm. Wirklich schlimm. „Fuck."

„Yeah."

„Tank, ich –"

„Du hast sie markiert, Dad. Ich hab den Biss gesehen."

Ich kann nicht sprechen.

„Hör zu, du kannst dein Rudel nicht über dein persönliches Glück stellen. Das Rudel ist nicht alles. Und Sunny – sie ist nicht wie Mom. Nicht jede Frau ist so."

Es tut weh, zu hören, dass Tank seine Mutter erwähnt. Er redet nie über sie, wenn er es vermeiden kann. Ich würde lieber eine Kugel einfangen, als meinen Sohn dazu zu zwingen, sich an die Frau zu erinnern, die ihn im Stich gelassen hat.

„Ich weiß."

„Sunny ist nicht so. Sie ist liebevoll und loyal."

„Sie ist gegangen", erinnere ich in. „Zweimal."

„Foxfire hat mich verlassen. Diese Hines Frauen tun das lieber, als sich einer Abweisung zu stellen."

„Ich habe sie nicht abgewiesen." Die Lüge schmeckt wie Asche in meinem Mund.

„Das hast du. Du hast sie in dein Leben geholt und dann den Wölfen zum Fraß vorgeworfen. So behandelt man eine Gefährtin nicht. So hast du mich nicht erzogen."

Unsere, heult mein Wolf. *Unsere Gefährtin.*

Ich schlucke den Schmerz. „Sie ist aus freien Stücken gegangen."

„Dann hol sie zurück", knurrt mein Sohn. „Leg deinen verdammten Stolz beiseite und beschütze deine Gefährtin."

Ja!, stimmt mein Wolf zu.

„– Sir", fügt Tank hinzu.

„Du bist ein guter Mann, Sohn."

„Ich bin derjenige, zu dem du mich erzogen hast."

„Ich bin stolz auf dich."

„Dad…" Tank seufzt. Was auch immer er gleich sagen wird, wird bedeutsam sein. „Ich liebe dich."

Ich packe das Handy fester. Versuche, zu schlucken. „Ich liebe dich auch." Wir sagen diese Worte normalerweise nicht laut. Aber warum nicht? Das Leben ist zu kurz, um alles in sich einzuschließen.

Tank und ich räuspern uns gleichzeitig. Er spricht zuerst. „Sunny ist hier. Wir werden auf sie aufpassen, bis du kommst. Lass dir nur nicht zu viel Zeit."

Wir verabschieden uns voneinander und legen auf.

Sunny. Fuck. Ich muss sie zurückholen. Jetzt.

Ich marschiere zurück in das Gebäude, um meine Schlüssel und Weste zu holen.

„Titus?", ruft Alpha Green aus einer Ecke. Der Rest des Rates steht im Raum herum und isst übrig gebliebene Sandwiches. „Kannst du den Bus des Rudels zum Hotel die Straße runter fahren und den Rest unserer Gäste dort unterbringen?"

„Nein, ich gehe."

„Was? Geht es um diesen Menschen?" Greens Augen

werden schmal. „Denn sie ist gegangen. Pierce sah sie wegfahren, als er reinlief."

Ich stoppe an der Tür. „Du wusstest, dass sie gegangen ist, und hast es mir nicht erzählt?", blaffe ich meinen Alpha an.

Seine Nasenflügel blähen sich. „Ich dachte, du wolltest sie loswerden." Es liegt eine Warnung in seiner Stimme, aber es ist mir scheißegal.

„Du hattest kein Recht, sie wegzuschicken!" Ich brülle jetzt offen. Dem Rest der Ratsmitglieder hängt der Mund offen. Niemand fordert Green auf diese Weise heraus.

„Ich habe sie nicht weggeschickt. Wie auch immer sie ist ein Mensch. Sie gehört nicht unter Gestaltwandler und sie weiß das. Besser als du, wie es scheint. Wohin gehst du?"

Ich schnappe mir meine Weste von dem Stuhl und schlüpfe hinein. „Sie zurückholen."

„Titus, du kannst nicht mit ihr zusammen sein. Ich verbiete es."

„Scheiß darauf." Die Worte verlassen meinen Mund, bevor ich nachdenken kann.

„Wie bitte? Was hast du gesagt –"

„Ich hole Sunny. Sie ist mein."

„Sie ist ein Mensch. Du gehörst zum Rudel. Sie nicht."

„Sie ist meine Gefährtin."

„Du kannst keinen Menschen hierherbringen. Nicht in mein Rudel."

„Dann bin ich raus", blaffe ich.

„Was?", keucht Pierce. Der Raum voller Gestaltwandler verstummt. Sie schauen alle zu – Allison, Fiona, Declan, Laurie und der Rest. Der gesamte Rat.

Gänsehaut breitet sich auf meinen Armen aus. Mein Wolf hält den Atem an. Er weiß, dass das, was ich gleich sagen werde, nicht zurückgenommen werden kann.

„Ich bin raus“, wiederhole ich. „Aus dem Rudel.“

Alpha Green ist beinahe lila. Er kommt nicht gut damit zurecht, wenn ihm Leute die Stirn bieten. „Wenn du diesen Ort verlässt, Titus, dann komm nie wieder zurück.“

„Klingt gut für mich.“ Ich mache auf dem Absatz kehrt und laufe zur Tür. Es ist nicht klug, einem wütenden Wolf – und Green ist so wütend, wie ich ihn noch nie zuvor gesehen habe – den Rücken zuzukehren, aber es ist mir scheißegal. Niemand aus dem Rat kann es mit mir aufnehmen. Ich bin zu groß, zu stark.

Mein Zorn trägt mich über die Hälfte des Parkplatzes. Als ich zu meinem Motorrad gelange, werde ich langsamer.

Fuck. Ich habe gerade mein Rudel verlassen. Fuck! Es ist wieder genau wie in meiner Vergangenheit. Rausgeschmissen wegen einer Frau. Aber dieses Mal ist es anders. Tank war nur ein kleiner Knirps und ich musste ihn beschützen. Jetzt ist er erwachsen. Meine Entscheidungen sind meine eigenen. Sie betreffen niemanden außer mich.

Und Sunny, erinnert mich mein Wolf.

Richtig. Sunny. Nichts spielt eine Rolle, außer sie zurückzukriegen. Zum ersten Mal seit langer Zeit sehe ich klar.

Ich schwinge mein Bein über mein Motorrad und lasse es an. Während die Sonne über meiner Schulter untergeht, fahre ich Richtung Tucson.

Kein Wegrennen mehr. Das endet heute Nacht.

KAPITEL 13

Sunny

„SUNNY?"

„Foxfire, was? Es ist spät." Ich blinzle ihre Silhouette im Flurlicht an. Mein Kopf pocht protestierend.

„Sorry. Jemand ist hier, um mit dir zu reden."

Was? „Wer..." Ich spüre die Veränderung in der Luft. Ein Kribbeln einer vertrauten Präsenz. Nur Titus wirkt sich so auf meine Sinne aus. „Nein."

„Ich denke, du solltest mit ihm reden –"

„Foxfire", ruft Tank. Meine Tochter verschwindet. Ich rolle mich vom Bett. Wenn ich mich ihm stellen muss, dann werde ich wenigstens auf meinen eigenen zwei Freak-Füßen stehen.

Oh wem mache ich hier etwas vor? Ich bin ein Freak. Ich werde immer ein Freak sein. Ich straffe meine Schultern. Ich werde mich nicht für einen Mann verändern. Nicht einmal für Titus.

Sein Körper füllt den Türrahmen und das Zimmer bricht weg. Er ist das Einzige, das ich sehe.

„Sunny."

„Titus." Wenn ich es mir so recht überlege, werde ich doch nicht stehen. Ich sinke elegant wieder aufs Bett eine Sekunde, bevor meine Knie einknicken. „Was willst du?"

„Dich."

„Witzig, das ist nicht das, was ich gehört habe." Ja, so hört es sich an, wenn sich eine über fünfzigjährige Frau wie eine Teenagerin benimmt. Aber mir steht etwas Zickigkeit zu.

„Ich weiß, was du gehört hast." Er breitet seine Hände aus. Wenn er nicht so verflucht reumütig aussehen würde, würde ich ihn jetzt aus dem Zimmer werfen.

„Ich habe es vermasselt. Eine Minute – eine *dumme* Minute – dachte ich tatsächlich, mein Platz im Rudel sei wichtiger als du. Aber ich habe mich geirrt."

Zu meinem Schock fällt er vor mir auf die Knie. Ich muss verrückt sein, denn ich kann nur daran denken, auf ihn zu klettern und mich rittlings auf seine Taille zu setzen, wie ich es beim Wasserfall tat.

Stattdessen presse ich mir die Knöchel in den Mund, damit er nicht sieht, dass mein Kinn zittert. Es ist ein sinnloser Versuch, denn einige Tränen fallen auf meinen Handrücken.

„Baby", sagt er sanft. Er verdeckt die Hand an meinem Mund mit seiner eigenen und zieht sie sachte weg, ehe er den Handrücken mit seinem Daumen streichelt. „Ich habe dir wehgetan. Es tut mir so leid. Ich hatte meinen Kopf in den Sand gesteckt. Ich hatte vor, nach dem Meeting mit dir über unsere Zukunft zu reden. Denn ich liebe dich und ich will mit dir zusammen sein. Aber als mich Alpha Green mit den Fragen bedrängte, geriet ich in Panik. Und glaub mir, ich spürte den Verrat dieser Worte in dem Moment, in dem sie meinen Mund verließen. Und ich sagte mir, dass alles gut werden würde, denn wenn ich erst einmal mit dir geredet hätte, könnte ich Green den Kopf zurechtrücken."

Selbst wenn ich seine Energie nicht spüren könnte, könnte ich das Elend sehen, das ihm klar und deutlich ins Gesicht geschrieben steht. Ich kann an seinen Worten nicht zweifeln. Titus war ohnehin nie ein Player oder Lügner.

„Aber dieser Teil ist bereits erledigt, weshalb ich wirklich hoffe, dass ich dich davon überzeugen kann, mich in deiner Nähe zu behalten."

„Welcher Teil ist bereits erledigt?"

„Ich habe das Rudel verlassen. Hab Green gesagt, dass du meine Gefährtin bist und er sich sein Rudel an den Hut stecken kann, weil ich bei dir bleibe."

Ich keuche. „Nein… Titus."

Sorge kriecht in seinen Blick.

„Das Rudel bedeutet dir alles. Ich will nicht, dass du es für mich aufgibst."

Er streicht eine Haarsträhne aus meinem Gesicht. „Das Rudel ist mir egal. Das Einzige, das mich interessiert, bist du. Bitte sag, dass du mich Teil deines Lebens sein lässt. Ich werde dich nicht ausbremsen, das verspreche ich. Wir werden einen größeren Wohnwagen besorgen müssen, aber ich werde mit dir gehen – wohin auch immer dein freier Geist gehen will."

Ich lasse ein wässriges Lachen verlauten. „Titus, nein",

wiederhole ich und er sieht noch besorgter aus. „Ich meine Nein, wir müssen nicht in einem Wohnwagen leben. Ich würde dich nicht quer durchs ganze Land von einem Künstlermarkt zum nächsten schleifen."

Titus' Brauen ziehen sich zusammen. „Ich weiß nicht, was du damit sagen willst, Sonnenschein. Bitte sag mir, dass du meinst, dass du mir erlaubst, dein Gefährte zu sein."

Ich berühre den Biss. „Soweit ich das verstehe, ist das schon eine erledigte Sache."

Schuld schwappt über Titus' Gesicht. „Es tut mir leid. Ich hätte es dir sagen sollen. Ich wollte dir keine Angst machen. Ich weiß, dass du dich nicht gerne niederlässt."

Ich strecke meine Hand aus und berühre sein Gesicht. Sein silberner Bart ist weich unter meinen Fingern. „Titus, du hast das alles falsch verstanden. Ich würde mich sehr gerne niederlassen."

Seine Brauen schnellen in die Höhe. „Das würdest du?"

„Ja. Mit dir. Hier. Oder egal wo. Wenn du wirklich auf der Suche nach einer Gefährtin bist."

Er gibt ein schmerzerfülltes Lachen von sich. „Ich suche nicht nach einer Gefährtin."

Ich erröte. „Oh, ich –"

„Ich habe sie schon gefunden."

„Das hast du?", flüstere ich.

Er greift nach oben, um mein Gesicht mit beiden Händen zu umfangen. „Das habe ich. Sie ist direkt vor mir."

„Du hast nichts dagegen, dass ich ein Mensch bin?" Ich muss das fragen. Ich kann diese Beziehung nicht führen, wenn ich mich unzulänglich fühle. Das habe ich schon hinter mir. Das werde ich nicht noch einmal tun.

„Ich liebe es, dass du ein Mensch bist." Er zieht mich auf seinen Schoß, wo ich schon die ganze Zeit sein wollte.

Ich schlinge meine Arme um seinen Hals. „Das tust du?"

„Zur Hölle ja. Es bedeutet, dass ich dich mit meiner großen Kraft beeindrucken kann." Er spannt seine Schenkel unter mir an und hebt mich damit um zwei Zentimeter an.

Ich lache und knabbere an seiner Lippe. „Und deinem gewaltigen Können."

Sein Schwanz wird hart und hebt mich noch etwas mehr an. „Ja, das auch."

„Und deinem hübschen silbernen Wolf." Ich küsse ihn.

Er übernimmt die Führung und hält die Seiten meines Gesichtes umfangen, um meinen Mund zu erobern. „Ja, das ebenfalls." Seine Zunge gleitet über meine und sein Bart kitzelt meine Lippen.

„Ich liebe dich, Sunny Hines."

„Ich liebe dich auch, Wolf-Mann."

Irgendwie steht er mit mir auf, während ich nach wie vor um seine Taille geschlungen bin.

„Wohin gehen wir?", frage ich, während er mich aus dem Gästezimmer trägt.

„Zum VW." Er senkt seine Stimme zu einem leisen Grollen, das nur ich hören kann. „Ich kann dich nicht im Haus meines Sohns vögeln. Das fühlt sich zu komisch an."

Ich lache. „Ich bin mir sicher, Foxfire und Tank werden dir dafür beide dankbar sein."

„Das garantiere ich dir“, sagt er. „Vor allem, weil ich dich zum Schreien bringen werde.“

„Vielleicht wäre es dann besser, wenn wir Daisy ein paar Blöcke weiter wegfahren“, schlage ich vor und knabbere an seinem Hals.

„Ein paar *Meilen* weg“, stimmt er zu.

EPILOG

unny

„Ein Toast“, sagt Foxfire.

„Auf was?“ Tank stellt den vollbeladenen Teller auf den Picknicktisch. Titus putzt gerade den Grill und bereitet sich darauf vor, einen Berg an Fleisch zu grillen.

„Auf die Liebe.“ Ich grinse zu Titus hoch. Er trägt eine *Darf ich die Wurst empfehlen* Schürze mit einem Pfeil, der nach unten deutet. Ich kaufte sie ihm auf einem Künstlermarkt und er schwor, dass er sie nicht anziehen würde… bis ich ein paar Nächte damit verbrachte, seine Wurst zu verkosten. Foxfire drohte, sich die Augen auszustechen, als er in der Schürze nach draußen kam.

„Liebe? Zu kitschig“, beschwert sich Foxfire.

„Kein Wunder, dass ich keine Enkelkinder habe.“

„Sunny!“ Sie funkelt mich finster an, dann zu Titus

und richtet ihre Augen zum Himmel. „Warum ich? Was habe ich nur verbrochen, um das zu verdienen?"

„Hör auf, so dramatisch zu sein. Titus und ich sind Erwachsene mit einer gesunden, normalen Libido –"

„Erwähne mir gegenüber nie wieder deine Libido."

„ – und wir sind füreinander bestimmt. Wir holen nur die verlorene Zeit auf." Nach einigen Tagen, in denen wir uns zum VW Bus davongestohlen hatten, weihten wir gestern Nacht endlich das Bett in Foxfires Gästezimmer ein. Ich werfe Titus eine Kusshand zu. „Liebe dich, Mann-Wolf."

„Liebe dich auch, Sonnenschein."

„Oh meine Göttin, mir wird schlecht", schimpft Foxfire.

„Ich übernehme die Tür." Tank marschiert davon.

Ich lege den Kopf auf die Seite. „Ich habe die Türklingel nicht gehört –"

Die Türklingel ertönt.

„Supersinne." Foxfire tippt an ihr Ohr. „Wo wir gerade davon sprechen, wie lange werdet ihr hier leben? Es ist nicht so, dass ich deine glutenfreie Pancakes nicht liebe, Sunny, es ist nur so, dass wir euch mit unserem Gestaltwandlergehör durch die Wände hören können."

„Oh, es tut mir leid, Schatz, haben wir zu laut geredet?"

„Es ist nicht das Reden, das mich stört."

„Ooooooh." Ich schaue zu Titus und kichere. „Nun, du weißt ja, wie diese Wölfe sind. So männlich und –"

Foxfire presst die Hände auf ihre Ohren und skandiert: „La la la."

Titus zieht ihr Handgelenk sanft so lange weg, dass er

ihr sagen kann: „Wir geben morgen ein Angebot für ein Haus ab. Heute Nacht nehmen wir uns ein Hotel.“

„Danke, Mr. T. Du hast doch nichts dagegen, wenn ich dich Mr. T nenne?“

„Ich habe etwas dagegen“, sagt Titus todernst, aber zwinkert mir zu.

Foxfire kichert. Tank streckt seinen Kopf durch die Tür. „Sie sind da.“

„Ahhh“, kreischt meine Tochter und rennt los, um eine vertraut aussehende, rothaarige Frau mit vielen braunen Sommersprossen auf der Nase zu umarmen. Ein riesiger Mann steht zwischen der Rothaarigen und Tank. Er bedenkt Titus mit einem misstrauischen Blick, bevor er sein Kinn zum Gruß hebt.

Foxfire packt die Hand der Frau und zerrt sie zu mir. „Sunny, das ist Jordy. Sie ist –“

„Johnnys Schwester”, sage ich. „Oh meine Liebe, er hat mir von dir erzählt. Du warst nur ein kleines Ding, aber du siehst ihm so ähnlich.“ Ich ziehe sie in eine Umarmung.

„Vorsicht“, warnt Jordys Bodyguard. Ich lockere meine Arme und weiche zurück, um Jordy zu mustern.

„Und du musst Grizz sein“, begrüßt Foxfire den großen Kerl. Er grunzt ein Hallo.

„Warte eine Minute.“ Ich verenge die Augen. Jordys Aura ist weich und leuchtend und pulsiert mit zwei Herzschlägen.

„Enkelbaby“, rufe ich. „Enkelbaby! Titus, wir bekommen Enkelbabys.“

„Nun, tatsächlich“, sagt Foxfire, „ist Jordy die Schwester meines Vaters, also macht sie das zu meiner Tante und ihr Baby zu deiner Nichte…“

„Enkelbaby“, singe ich und umarme Jordy sanft. „Oh, ich freue mich so sehr für dich.“ Ich drehe mich um und breite an Grizz gewandt die Arme aus. Er sieht milde alarmiert aus, als ich ihm eine dicke Sunny Umarmung gebe. „Willkommen in der Familie.“ Ich lächle zu ihm auf.

„Dankeschön.“ Er klopft mir einmal auf den Rücken. Ich kriege ihn schon noch so weit.

„Oh, ich freue mich so.“ Ich wedele mit den Händen vor meinem Gesicht herum, um meine Tränen zu trocknen. „Titus, ist das nicht wundervoll?“

„Klar ist es das, Sonnenschein.“ Titus zieht mich für einen Kuss zu sich.

„Iiiiieeeh“, ächzen Tank und Foxfire wie aus einem Mund.

„Oh hört auf ihr zwei. Ihr seid selbst ziemlich laut. *Daddy*.“ Ich blicke mit weit aufgerissenen Augen zu Tank.

Foxfire tut so, als würde sie sich in einen Blumentopf übergeben.

„Bier?“, bietet Tank Grizz an.

„Soda. Für uns beide.“ Der große Kerl macht viel Wirbel um seine Gefährtin, zieht ihren Stuhl raus und vergewissert sich, dass sie ein Kissen hat.

„Mir geht’s gut“, wispert sie und lächelt ihn so süß an, dass mir wieder Tränen in die Augen steigen. Als er sich nach unten beugt und ihre sommersprossige Stirn küsst, muss ich mir über die Augen wischen.

Ich lehne mich an Titus und beobachte sie mit Herzchen in den Augen. „Ich bin so glücklich, Titus. Bist du glücklich?“

„Ich habe meinen Sonnenschein.“ Er legt einen Arm um mich und grillt weiter. „Natürlich bin ich das.“

VIELEN DANK, dass du die Bad Boy Alpha Reihe gelesen hast! Es war ein fabelhaftes Abenteuer. Wir haben zwei neue Spin-Off Reihen für euch geplant – *Gestaltwandler Spezialeinheit*, bei der es um das Rudel schwarzer Wölfe in Taos geht, und noch eine andere strenggeheime Reihe – die bald enthüllt werden wird!

Falls dir dieses Buch gefallen hat, würden wir uns wie immer über deine Rezension und Weiterempfehlung sehr freuen. Es sind Leser wie du, die es Indie-Autoren ermöglichen, ihre Bücher der Welt zugänglich zu machen. Dankeschön!

MEHR WOLLEN?

Bitte genieße diesen kurzen Auszug aus dem nächsten alleinstehenden Buch in der *Bad-Boy-Alpha*-Serie

Bad Boy Alphas

Alphas Versuchung
Alphas Gefahr
Alphas Preis
Alphas Herausforderung
Alphas Besessenheit
Alphas Verlangen
Alphas Krieg
Alphas Aufgabe
Alphas Fluch
Alphas Geheimnis
Alphas Beute
Alphas Blut
Alphas Sonne
Alphas Mond
Alphas Schwur

HOLEN SIE SICH IHR KOSTENLOSES BUCH!

Tragen Sie sich in meine E-Mail Liste ein, um als erstes von Neuerscheinungen, kostenlosen Büchern, Sonderpreisen und anderen Zugaben zu erfahren.

https://geni.us/jungfrauundder vampir

RENEE ROSE: HOLEN SIE SICH IHR KOSTENLOSES BUCH!

Tragen Sie sich in meine E-Mail Liste ein, um als erstes von Neuerscheinungen, kostenlosen Büchern, Sonderpreisen und anderen Zugaben zu erfahren.

https://www.subscribepage.com/mafiadaddy_de

BÜCHER VON RENEE ROSE

Chicago Bratwa

Der Direktor

Gefährliches Vorspiel

Der Mittelsmann

Bessessen

Der Vollstrecker

Unterwelt von Las Vegas

King of Diamonds: Was in Vegas passiert, bleibt in Vegas, Band 1

Mafia Daddy: Vom Silberlöffel zur Silberschnalle, Band 2

Jack of Spades: Gefangen in der Stadt der Sünden, Band 3

Ace of Hearts: Berühmtheit schützt vor Strafe nicht, Band 4

Joker's Wild: Engel brauchen auch harte Hände (Unterwelt von Las Vegas 5)

His Queen of Clubs: Russische Rache ist süß (Unterwelt von Las Vegas 6)

Dead Man's Hand: Wenn der Tod mit neuen Karten spielt

Wild Card: Süß, aber verrückt

Wolf Ranch

ungebärdig - Buch 0 (gratis)

ungezähmt– Buch 1

ungestüm - Buch 2

ungezügelt - Buch 3

unzivilisiert - Buch 4

ungebremst - Buch 5

unbändig - Buch 6

Wolf Ridge High

Alpha Bully - Buch 1

Alpha Knight - Buch 2

Bad Boy Alphas

Alphas Versuchung

Alphas Gefahr

Alphas Preis

Alphas Herausforderung

Alphas Besessenheit

Alphas Verlangen

Alphas Krieg

Alphas Aufgabe

Alphas Fluch

Alphas Geheimnis

Alphas Beute

Alphas Blut

Alphas Sonne

Alphas Mond

Die Meister von Zandia

Seine irdische Dienerin

Seine irdische Gefangene

Seine irdische Gefährtin

Seine irdische Rebellin

Seine irdische Frau

Ihr Gefährte und Meister

Zandianisches Haustier

Sein irdischer Besitz

EBENFALLS VON LEE SAVINO

Die Berserker-Saga

Verkauft an die Berserker

Gepaart mit den Berserkern

Entführt von den Berserkern

Übergeben an die Berserker

Gefordert von den Berserkern

Die Frauen der Berserker

Gerettet vom Berserker – Hasel und Knut

Gefangen von den Berserkern – Weide, Leif und Brokk

Verschleppt von den Berserkern – Salbei, Thorbjorn und Rolf

Gebunden an die Berserker – Laurel, Haakon und Ulf

Berserker-Nachwuchs – die Schwestern Brenna, Sabine, Muriel, Fleur und ihre Gefährten

(demnächst)

Die Nacht der Berserker – **die Geschichte der Hexe Yseult**

Eigentum der Berserker – **Farn, Dagg und Svein**

Gezähmt von den Berserkern – **Ampfer, Thorsteinn und Vik**

Beherrscht von den Berserkern

Unschuld mit Stasia Black (Eine dunkle Liebesgeschichte)

Das Erwachen (Unschuld 2)

Königin der Unterwelt: Eine Dunkle Liebesgeschichte (Unschuld 3)

Die Gefangene des Biestes: Eine dunkle Romanze (Die Liebe des Biestes 1)

Die Rache des Biestes: Eine dunkle Romanze (Die Liebe des Biestes 2)

Der Soldat, der mich verführt

Draekons (Drachen im Exil) mit Lili Zander (Eine Sci-Fi Dreierbeziehung Romanze)

Draekon Gefährtin

Draekon Feuer

Draekon Herz

Draekon Entführung

Draekon Schicksal

Tochter der Dragons

Draekon Fieber

Draekon Rebellin

Draekon Festtag

ÜBER DIE AUTORIN

USA TODAY Bestseller-Autorin RENEE ROSE liebt dominante, verbalerotische Alpha-Helden! Sie hat bereits über eine Million Exemplare ihrer erotischen Liebesromane mit unterschiedlichen Abstufungen verruchter sexueller Vorlieben und Erotik verkauft. Ihre Bücher wurden außerdem in *USA Todays Happily Ever After* und *Popsugar* vorgestellt. 2013 wurde sie von *Eroticon USA* zum nächsten *Top Erotic Author* ernannt und freut sich ebenfalls über die Auszeichnungen Spunky and Sassy's *Favorite Sci-Fi and Anthology Autor*, The Romance Reviews *Best Historical Romance* und Spanking Romance Reviews *Best Sci-fi, Paranormal, Historical, Erotic, Ageplay and Couple Author*. Bereits fünfmal gelang ihr eine Platzierung in der USA-Today-Bestsellerliste mit verschiedenen literarischen Werken.

Besuchen Sie ihren Blog unter www.reneeroseromance.com

ÜBER DIE AUTORIN

Lee Savino ist *USA Today*-Bestsellerautorin. Außerdem ist sie Mutter und schokosüchtig. Sie hat eine ganze Reihe von Büchern geschrieben, die alle unter die Rubrik »smexy« Liebesgeschichten fallen. *Smexy* steht dabei für »smart und sexy«.

Sie hofft, dass euch dieses Buch gefallen hat.

Besucht sie unter:
www.leesavino.com

www.ingramcontent.com/pod-product-compliance
Lightning Source LLC
Chambersburg PA
CBHW030334310726
48979CB00001B/21

9781636931173